異國料理大賽

少年總鋪師 3

鄭宗弦——著
吳嘉鴻——圖

吸納異國料理，創新本土菜色（自序）

常常有人問我：「你為什麼要寫那麼多童書？」

原因很簡單，因為二十年前，我剛當國小老師的時候，我發現圖書館裡的童書大部分是外國翻譯的作品，缺少本土作家的作品。而且我也知道許多人缺乏自信，崇尚歐美日文化，而輕視和忽視在地的文化。

明朝理學家王陽明曾感嘆說：「拋卻自家無盡藏，沿門托缽效貧兒。」意思是說，明明自己家裡有無數的寶藏，人們卻將它們視為無用的垃圾而丟棄，反過來仿效貧窮的孩子，挨家挨戶的去沿門托缽，向人乞討，因為眼中只有別人的東西才是寶貝。那不只缺乏自信，還喪失自尊，是非常可憐的迷失狀態。

有感於此，這二十年來，我致力於將美好的「在地文化」融入少年小說中，希望讓孩子們閱讀之後，因了解而認同，因認同而產生自信。進而在面對外來文化時，能吸納它們的優點而壯大自己，而非全盤否認自己，盲目去接受外人的東西。

在地文化便是我們的無盡寶藏，《少年總鋪師系列》中的辦桌文化，只是其中的一項而已。

在第三集中，阿弘開始要面臨「異國料理」的衝擊了。

一看見「異國料理」四個字，相信很多人都會眼睛一亮，腦中閃出城堡、花田、不同膚色的人種、民族風味的服飾、大紅甜椒、火腿、起司、燻雞、孜然、豆蔻、茴香……，鼻子嗅到濃烈的香料氣味，耳朵邊還會飄來優雅的圓舞曲。距離產生美感，異國料理因而也代表著浪漫的異國風情。

然而仔細想想，這些料理再怎麼美味，偶爾品嚐起來會覺得新奇有趣，如果叫你天天吃，你必然會苦起臉來，懷念起排骨、炸雞、滷肉飯、牛肉麵、蚵仔煎，甚至清淡的白飯、青菜、豆腐等在地的料理。

飲食習慣根深蒂固，不容易改變。於是我用此間的差異來切入，喚醒大家對在地文化的重視和維護，相信是比較容易引起共鳴的。

大家很容易了解，學習異國料理的目的，並非揚棄自己在地的料理，而是加入異國元素，為平淡的生活增添樂趣。進一步也能以本土料理為基礎，借鏡異國料理的烹調特色加以研發創新菜色。而這也是激發創意靈感的方式之一。

台灣是個移民社會，文化中擁有荷西遺跡、清朝中國（閩南、客家）、日本、外省、現代歐美、原住民、新移民等文化元素。文化應該是累加的，而不是抵銷的，後面的不該去消滅前一個，而是應該共存共榮。因此我們要努力保護，讓文化多元而豐富，成為共同資產、未來創新的資料庫。

料理也是一樣的道理。只要有自信與積極的行動，我相信有一天全世界也會風靡來自台灣的料理。

現在回到故事本身。

歷經考驗，學到謙虛，阿弘開始獨挑大梁，上場擔任小小總鋪師了。這時，他認識了興趣相同的忘年之交——就讀大學，喜愛創作異國料理的青年達哥。

志同道合的兩人會擦出什麼火花呢？真是令人期待。

鄭宗弦　於二〇一八年五月

目錄

1 獨挑大梁初體驗

夕陽浮上海波，彩雲鑲了金邊，海天金光爛漫，岸堤浪濤沙沙。台南的海埔新生地，紅樹林圍繞的僻靜小村，一台箱型大貨車緩緩駛進瀰漫著白煙香霧的活動廣場。

大貨車就定位之後，司機啟動按鈕，車廂如含蕊的牡丹受到恩愛漸漸綻放，上下開出七彩舞台，左右展出炫麗布景。接著彩燈席捲，音樂流轉，歌頌這變形金剛完成了華麗的變身。

這一年一度的「王爺會」餐會辦了二十桌，而且只訂一桌四千的料理，把大部分的資金花費在大卡車舞台。比起吃食，他們更重視歌舞節目。

相較於慢條斯理的舞台車，廣場對面的辦桌團可是緊鑼密鼓的忙碌著。神經緊繃的魏子弘這會兒手忙腳亂，焦頭爛額，因為這是他統領水腳們的總鋪處女秀，他期許自己能有傑出的表現。

他的爸爸魏錦添，金牌總鋪師阿添師，今天也變身了，變成冷眼旁觀，只顧打分數的指導教授。媽媽則參加餐飲工會的旅遊，到宜蘭去玩。那是爸爸怕媽媽一時心軟，會插手相助阿弘，故意將她支開的。

「米糕在哪裡？……啊！誰拿去放那邊了？快！阿嬌婆，趕快裝在大碗裡面再倒扣到盤子上。」阿弘催促著。

「不對啦！阿弘，還沒拌櫻花蝦進去啊！」阿嬌婆急切的提醒。

「什麼櫻花蝦？」阿弘茫然的問。

「菜單上明明寫著『貴妃櫻花蝦米糕』。」

「啊！我竟然忘了。櫻花蝦放哪裡去了？」阿弘的心頭有如撞進一顆點燃引信的手榴彈。他急忙找到一包櫻花蝦，慌張的說：「我趕快來炸一炸拌進去。」

阿茂公搖頭說：「那應該要先跟香菇、肉絲、魷魚炒在一起的，你現在單獨炸好才拌進去，味道合不在一起了。」

「可是菜單上有櫻花蝦，不放又不行。」阿弘焦慮著，忽然急中生智：「有了！既然合不在一起，就不要在一起。」

他叫大家先給米糕裝盤，他回頭快快炸好櫻花蝦，然後分鋪在米糕上面。他說：「讓客人先品嚐櫻花蝦的香濃鮮味，再吃米糕，這樣一來對櫻花蝦的印象更深刻。」

好了，解除一個危機炸彈，趕快處理其他菜。

他發覺配料比例不對勁，趕快說：「阿水婆，鹽焗蝦上的胡椒鹽和蒜末，你都撒得太少了，趕快補一下。蔥花卻放太多了，拿一些起來。」

「阿茂公，冷盤是『五福臨門』，有五樣菜，不是四樣菜，你少擺了蝦球。」就快開席了，第一道菜還沒完備，阿弘又慌張的說：「阿水婆，你先過來這邊一起擺蝦球，快！紅辣椒雕花也還沒上去，鋪底的生菜放得太少，露出白色盤底，來不及了……」

那些固定的水腳班底，爸爸口中的阿嬌姆、阿水嬸、阿茂叔都是六十多歲的老人，跟著爸爸辦桌已經十多年。爸爸對他們都禮讓三分，好聲好氣的「拜託一下」、「幫忙一下」的哄著。阿弘卻是口氣急切慌忙，少了禮貌，非常不周到。

不過他們都能體諒阿弘，畢竟個個都是從他在娘胎裡就看著他長大的。即使辦桌經驗比阿弘豐富千百倍，然而在魏家培訓接班人的這個重大階段，他們都願意放下身段，暫且讓這毛頭小子呼來喚去。

這場辦桌處女秀的由來，得從半年多前說起。

那時急於學做菜的阿弘，以刻花盤飾與創意菜名，幫爸爸贏了第一百面金牌而立下大功，因而變得心高氣傲，誇耀自滿。

爸爸看不下去，故意暗中幫他報名「台灣炒飯王」比賽，好殺殺他的銳氣。不會炒飯的阿弘，知道後非常不高興，打算棄賽抵制。爸爸卻揚言，如果他連簡單的炒飯都不願學習，乾脆就斷了修習廚藝的

心，專心去讀書，爸爸也不願繼續教他做菜了。

做菜是阿弘的最愛，因此他幾番掙扎之後仍含怨參加。所幸悟性很高的他，體會到爸爸的苦心，雖然一開始落入敗部，卻能發憤用功，努力研究與練習各類炒飯。然後他慢慢從敗部爬起，一步步追趕，最終在決賽時與頂尖高手並列冠軍。

爸爸於是實現諾言，悉心教導他辨桌菜，帶在身邊當二廚。

不只如此，爸爸還叫他當行政助理，學習接單訂桌、開菜單、勘查場地、聯繫布棚公司等事務。同時訓練他如何找齊廚師和水腳、整備廚具餐具、調配桌椅。甚至細節到濕紙巾、衛生紙、衛生筷、牙籤等備品小物，都提點他怎麼挑選。

這些工作非常瑣碎複雜，阿弘一邊要應付國中的功課，一方面又要學做新菜，一根蠟燭不只兩頭燒，感到非常吃力。

他曾哀求爸爸說：「拜託，我只想學做菜，其他的不好玩，可不可以不要學？」

爸爸卻嚴厲的說：「你以為做菜只有洗、切、炒、吃，這麼簡單嗎？難道你做菜只是為了在同學面前炫耀嗎？如果是這樣，你自己去翻食譜，學幾樣家常菜就行了。我的辦桌菜就是用來辦桌的，用來服務客人的，如果你不學辦桌，就別跟我學做菜。」

阿弘白白看了爸媽辦桌十幾年，那時才恍然大悟，原來對爸爸而言，「做菜」就意味著「辦桌的大工程」。爸爸阿添師的辦桌菜那麼有名，還征戰東西南北，贏得一百面金牌，原來不單是菜好吃而已，而是把酒席辦到淋漓盡致，服務客人到無微不至的地步，才有如此輝煌的成績。

阿弘當然不想做家常菜，爸爸是他的偶像，他想變得跟爸爸一樣強大，那就得忍受辛勞。

「唉！心力交瘁。」阿弘自言自嘆著。

「對了，總鋪師的另一個名字就叫做『心力交瘁』，狠狠的記起來吧！」爸爸得意的說。

「好吧！」阿弘只得接受了。

在爸爸的教導下，他已學會了二十幾道基本的辦桌菜，並且相約以今日的宴席獨挑大樑。

菜單是他自己設計的，由於不是結婚喜宴，不需上窮碧落下黃泉，挖空心思的去搜尋祝福語，因此只以平常的吉祥話當主題。例如：冷盤有烏魚子、烏魚腱、油雞、鳳梨蝦球、鮑魚片，這五樣小菜組合起來就叫做「五福臨門」。傳統米糕配粉紅色櫻花蝦，叫做「貴妃櫻花蝦米糕」，滷蹄膀就叫「富貴大封肉」，何首烏燉雞湯改稱為「首烏鳳凰配」。炸雞腿拼湊珍珠丸子，簡稱「鳳腿拼珍丸」。而爸爸最受歡迎的手路菜魚翅羹，則由於保育鯊魚的關係，阿弘捨棄魚翅，改為菠菜汁、蛋白、蝦仁、干貝、香菇做成「翡翠海鮮羹」。

前兩天晚上，爸爸給他複習口考，他一一舉出每道菜的關鍵步驟：烏魚子，塗抹高粱酒去微煎；烏魚腱，在浸抹高粱酒後則是微烤，然後都配白蘿蔔和蒜苗。做工複雜的「極品佛跳牆」材料繁多，有：芋頭、雞肉、雞罣、竹笙、排骨、海參、栗子、鵪鶉蛋、干貝、花膠、火腿、冬菇、冬筍、鮑魚、魚皮。各自先以不同時間煎炸或燉煮，再一一入大甕，加高湯蒸炊三小時。

蘿蔔要片要刻，香菇也要斜鑿出花脈，每一種食材都要整形，又要讓它們貢獻出滋味，使每道菜擁有獨特自信的風味。

阿弘喜歡挑戰，阿弘樂在其中。

但是煮一道十人份的菜，跟煮一道兩百人份的菜是不一樣的。不可能每一道菜重複煮二十次，而是要大鍋、大鏟、大火、大爐，畢其功於一役，又必須懂得調兵遣將，分派水腳，讓他們各司其職又分工合作。這都要真功夫才行。

這時舞台那邊已經響起熱門歌曲，主持人拿麥克風大聲說：「今日幸逢王爺會年度餐會，請各位嘉賓趕快就座，精彩的節目即將開始。首先我們邀請小莉莉、小娜娜和小甜甜三姊妹，為大家帶來一曲『我的心裡只有你沒有他』，請掌聲鼓勵……」

來客們聽了紛紛就座，興味盎然的盯著台上的歌舞女郎們。

不久天色暗了，棚架上的燈光亮起來。王爺會的會長跑過來說：「會員都到齊了，時間也超過預定的六點，趕快出菜呀！」

「好，好。」阿弘努力讓自己鎮定。「馬上出菜。」

他急忙轉身對水腳們說：「按照之前分配的，各自上第一道冷盤。」

「好。」大家暫時放下手上的工作，端起了「五福臨門」，往席上走去。

「阿弘！不好了！瓦斯沒了，蒸佛跳牆的火熄了，這道菜還得蒸上半小時才能好……」阿水婆突然大聲嚷嚷。

「啊！」阿弘嚇一大跳。「怎麼會這樣？有沒有備用的瓦斯？」

「不知道，這要問你。」阿茂公說。

大家把眼光聚焦在他身上。

「我？」他張大嘴，指著自己的胸口，紅了臉。

他急忙慌張的問會長：「這附近有沒有瓦斯行？」

會長苦著臉說：「這邊荒郊野外的，最近的瓦斯行離這裡少說也要半個小時車程。」

「天哪！怎麼辦？怎麼辦？」阿弘滿頭冷汗。「等到瓦斯送來再蒸好，都已經要散席了呀！」

他急忙跑去向爸爸求救。

沒想到爸爸癟癟嘴，聳聳肩，轉身面向舞台上的歌舞表演，只留下一句話：「不知道，這要問你。」

2 令人嚮往的逢甲夜市

阿弘跑回工作台邊，鎮定下來檢視已經做好的菜色，再評估出菜的計畫。「好，好，」他深呼吸幾口。「炸雞腿是第八道菜，那麼就……」

他關掉油炸爐的瓦斯，將管線拆除裝到蒸爐上去，繼續蒸炊「極品佛跳牆」。等上了第三道「富貴大封肉」，再把用來滷肉的爐子改為炸鍋。

等水腳們回來，阿弘又吆喝說：「大家來，準備『龍膽海鮮味噌鍋』，過來看我示範。在味噌湯鍋裡放進切好的龍膽石斑魚、白甜蝦、花枝、蛤蜊、蟹肉棒、老豆腐、金針菇，一大把蔥花和一片起司片……」

「起司片？」阿嬌婆驚呼，口氣好困惑。「這不是西餐在用的嗎？」

阿水婆倒了眉毛，歪著嘴說：「我煮味噌湯煮了五十多年，沒聽過放起司片的。」

其他水腳們遲疑著不敢行動，就連阿茂公也質疑：「這樣能吃嗎？不要壞了一鍋海鮮湯啊！」

眼看就要出第二道菜了，阿弘沒時間解釋，只得自己動手在三個鍋裡各放進一片起司，說：「快快快！不要囉唆。」

大家只得悶頭行事，卻是個個嘟著嘴，不時往阿添師那兒看一下。

阿添師發現水腳們在看他，知道有事，卻又故意視而不見，把頭往舞台那邊轉過去。

很快的，第二道「翡翠海鮮羹」上菜了。這時又有人來通知說：「阿弘，滷肉的爐子也沒瓦斯了，不過還好，蹄膀都已經熟爛入味了。」

「什麼？」他心頭又是一驚。「這樣一來怎麼油炸雞腿呢？」

阿弘急忙關掉「首烏鳳凰配」底下的火，把它從第七道菜提前成第四道，然後用這瓦斯爐來炸雞腿。

接下來就都順利了，米糕、火鍋、雞腿……乃至重頭戲的「極品佛跳牆」都依序出場，沒有誤失。

上完最後一道草莓雪糕之後，他稍稍鬆口氣，拿起一根雪糕來吃，卻發現爸爸仍然坐在席間，跟著會員在吃喝聊天，觀賞節目。

他這才感到不對勁，指著爸爸疑惑的問阿茂公：「總鋪師可以跟客人一起吃酒席嗎？」

「哈！哈！」阿茂公大笑。「你爸也是王爺會的會員，好像剛入會兩年，你不知道嗎？」

「原來如此。」阿弘點頭。

阿茂公又說：「而且你爸今天也不是總鋪師呀！」

「對喔！」這話提醒了阿弘，他重新想起自己的角色與任務。

宴席結束時，會長跑過來對他誇讚說：「今天的菜辦得很好吃，大家都吃得很高興，剩下的菜尾很少呢！」

這時一位滿身酒氣紅著臉的人，一把勾住會長肩膀，邊打嗝邊笑瞇瞇的說：「尤其那一道『龍膽海鮮味噌鍋』，嗝……那個味噌湯好香好濃，我從來沒喝過……嗝……這麼好喝的湯……」

「真的嗎？」阿弘好開心，笑著說：「那是我的獨門密技呢！」

水腳們聽了，這才心悅誠服，另眼相看。

阿水婆拍一下阿弘的手臂，讚佩的說：「想不到少年人有創意喔！」

阿弘得意的說：「那是有一天的早餐，我吃著起司漢堡配味噌湯，無意中發現起司和味噌很對味，然後我做了個實驗，把它們煮在一起，發現味噌湯變得又濃又醇，非常好喝。」

「恭喜你，阿弘。」阿嬌婆輕輕拉他耳朵說。「真不簡單。」

「這下看來，你阿爸要好命了。」阿茂公也認真的說：「從今天開始，我們要改叫你『阿弘師』了。」

「呵呵！」阿弘被誇逗得尾巴都快翹起來了，渾身輕飄飄的好舒服。

「不！這小子還不能出師。」爸爸走過來，板著臉說。「你們看看剩菜，什麼最多？」

大家往工作台看去，那兒擺放了收回來的剩菜盤子，裡頭有好多雞肉。

「是『首烏鳳凰配』？」阿弘驚訝的說。

「沒錯，這一道湯品燉煮的火候不夠，雞肉雖然熟了，卻不夠軟嫩，客人咬起來很費勁。」爸爸走到工作台邊，又說：「你看看，其他吃不完的菜，客人都打包成菜尾帶回家，獨獨留下這麼多雞肉。」

阿弘回想一下剛才應急的處置，納悶的問：「只不過提前二十分鐘離火，會差這麼多嗎？」

「哼！」爸爸不高興的說。「火候不足一分鐘都不行，別說雞肉沒有軟爛，就連何首烏、枸杞、當歸這些中藥也沒煮出味道，湯頭清清淡淡，失敗之作。」

阿弘難過的低下頭。

「跟我來！」爸爸招手，逕自往他們開來的兩台小貨車走去。

阿弘跟上去，看見爸爸爬上其中一台的後車廂，掀開一塊大帆布——兩大瓦斯桶赫然出現。

「啊！」阿弘不禁瞪大眼睛，滿腔怨憤的說：「你居然偷藏了這兩桶瓦斯，害我剛才急得要命，也害『首烏鳳凰配』煮得不好吃。都是你害的！」

「什麼你你你我我我？總鋪師是你，不是我。」爸爸故意擺出不屑的表情。「你不知道自己有多少瓦斯，不知道需要多少瓦斯，就連瓦斯有備份都不知道，當什麼總鋪師？」

阿弘不服氣的說：「至少我的『龍膽海鮮味噌鍋』很受歡迎。」

「很好，你就去夜市賣你的『龍膽海鮮味噌鍋』。」爸爸說完跳下車，不再理他，獨自跑去跟其他會員聊天喝酒了。

阿弘羞愧的脹紅臉，淚水從眼角泌出來。

他思想了一會兒，知道自己錯了，因此把臉抹一抹，吸吸鼻子，走回去跟水腳們一起洗廚具。

總算完成了第一個考驗，雖然沒有很成功，但這一晚學到好多東西啊！阿弘在心裡惕勵自己：「繼續加油！」

日子過得快，不久學期結束進入了暑假，阿弘少了功課的壓力，打算好好的研究與學習下一場辦桌的菜色。

天氣炎熱，外燴辦桌少了，因為客人多選擇有冷氣的餐廳來聚餐，免得在大太陽下辦桌，不僅食慾不振，還會吃得滿身大汗，狼狽不堪。加上農曆七月鬼月也在這期間，人們犯忌諱，婚壽喜慶都盡量迴避，因此阿添師生意十分清淡，正好有空閒可以好好調教阿弘。

暑假的第三天，阿弘在跟爸爸學做「庭院深深」這道菜。

這菜名是爸爸在爭奪第一百面金牌時，阿弘幫忙取的新名稱。那其實是銀魚煲海參，取海「參」的諧音「深」字，寓意新娘嫁入庭院深深的富貴夫家。

作法不難，把銀魚海參煲好即可，但接下去的盤飾妝點才是功夫。銀魚海參倒在大盤上做成大池塘，再把番薯雕成重重宅院，把芋頭刻成層層假山，圍繞在大池塘旁邊。當時阿弘的果雕技巧生硬，在盤飾上輸給對手，因此爸爸在假期中為他加強訓練。

阿弘看著爸爸的作品，依樣畫葫蘆。宅院不好刻，假山更難，天氣悶熱，阿弘感到煩躁疲累，眼皮不斷闔上，好幾次都差點劃到手掌，十分危險。

「小心！」爸爸大喝一聲，故意把阿弘嚇醒，還警告說：「刻得不好會變成亂石屋倒的地震災情，那是畫虎不成反類犬，給主人家帶衰，根本上不了台面的。認真一點呀！」

阿弘趕緊振作精神，認真的雕刻。

「鈴——鈴——」不一會兒，手機響了。

他放下刻刀，接起來：「喂！你好……啊！是阿彬伯公喔……什麼？要找我去台中玩……我不知道，我在跟我爸學做菜……我想去啊！有得玩當然好，不過我得跟我爸學……走不開……」

講完手機之後，爸爸對他說：「阿彬伯公在寒假時曾找你去台南玩，你周伯伯也叫你去他新開的熱炒店幫忙，我都沒讓你去。因為那時是旺季，年底尾牙餐會、結婚喜宴很多，加上過年後的回娘家餐會和春酒，非常的忙，需要你在我身邊幫忙辦桌的事。現在清閒了，你倒是可以去走走。」

「真的嗎？」阿弘喜出望外。「我好想去台中玩。」

「當然可以，辦桌菜是學不完的，不急於一時。」

「可是媽媽答應嗎？」

媽媽在客廳看雜誌，聽見了阿弘的問話，便開玩笑說：「誰在說我壞話？」

她起身走到廚房，問說：「什麼事？」

阿弘把事情講了一遍，媽媽笑著說：「去，就算你要環島我也支持，只不過天氣很熱，別中暑就好，哈！」

爸爸忽然歪著頭問：「奇怪，阿彬伯公不是住在台南嗎？為什麼邀你去台中呢？」

阿弘不好意思講到阿彬婆叫他去認識他們孫女金雀的事，只說出另一個重點：「阿彬伯公和他老婆想去台中，到他們的兒子家住一晚。他的兒子和媳婦在逢甲夜市擺攤子，他說那邊很熱鬧，很好玩。」

「好啊！逢甲夜市很有名，人潮很多，小吃攤也很多。去看看台中人愛吃什麼，增廣見聞，也能增加靈感和創意，很好。」爸爸不但支持，還從口袋裡掏出五千塊，說：「拿去，想吃什麼就買來吃，有人請客的話你可以大方讓人請你，但記得要回請人家，禮尚往來。」

阿弘開心的收了錢，又說：「我想找惠貞姐一起去玩，她本來答應寒假時要陪我去阿彬伯公家玩的，結果沒有成行。」

「喔！」媽媽也掏出三張千元大鈔，貼心的說：「這樣才夠。」

「不過得先把『庭院深深』學好才行。」爸爸轉為嚴肅的說。

「沒問題。」

阿弘簡直樂歪了，趕緊打手機給阿彬伯公和惠貞姐，報告這個好消息。

等全部聯繫好之後，阿弘心情飛揚無比。再拿起刻刀刻芋頭時，怎麼覺得眼力大增，精神奕奕，力道會掌握，線條也精準，很快的就學得跟爸爸的作品八、九分像了。

3 志同道合的新朋友

經過幾天漫長的企盼，終於到了約好的週三那天。阿弘先搭火車到台南跟阿彬伯公夫婦與惠貞姐集合，再一起上車去台中。

到了台中，阿彬伯公的兒子方武雄方叔叔開車來載他們。到了他們家，才知是一棟大樓。停好車子，搭電梯上十二樓，一個小女孩開了大門，開心的叫說：「阿公、阿嬤，還有客人，歡迎光臨。」

那個女孩臉圓圓的，眼睛大大的，眉目間透出秀氣和聰慧，讓人看了歡喜。

「金雀，乖！」阿彬伯公和阿婆都親切的打招呼。

方嬸嬸從廚房捧出一大盤的水果來相迎，笑容可掬的說：「太好了，家裡好久沒有這麼熱鬧了。」

惠貞姐客氣的說：「不好意思，來打攪你們了。」

「哪裡的話，歡迎歡迎。」方嬸嬸熱情的說。

阿弘看到傳聞中的乖孫女，反而有點害羞，不知該說什麼，只是傻笑。倒是金雀大方的說：「我知道你是魏子弘，得過『台灣炒飯王』比賽冠軍，用的就是我阿公種的有機米。」

阿婆笑著對阿弘說：「你看，我沒騙你吧！我這孫女功課好，又多才多藝，跟你很匹配吧！」

「阿嬤！」金雀不高興的大叫一聲。「我才剛國小畢業，不要亂講。」

這下阿弘更尷尬了。惠貞姐趕緊出來轉移話題，明知故問：「聽說你們在逢甲夜市擺攤子，跟我家一樣，我們在台南夜市賣當歸土虱。請問你們賣的是什麼？」

「賣雞排。」方叔叔說。

「不只啦！」金雀補充說：「還有鹽酥雞、雞皮、三角骨、黑輪、杏鮑菇、花枝丸、芋粿、番薯、熱狗、花椰菜……只要能炸來吃

「大家好。我沒什麼好介紹的啦！我叫做黃騰達，現在讀逢甲大學經濟系，要升三年級。」達哥轉頭點了點，隨即把炸好的雞排攤在砧板上，灑上椒鹽粉，然後裝袋，分送給大家。

「好大的雞排。」阿弘好驚奇，拿到惠貞姐面前比了比。「我看過廣告，說有比臉大的雞排，這真的不輸給它。」

阿彬伯公說：「你們一人吃一片。這對我這老人來說太大了，吃不完，我和你阿婆兩人合吃一片就好了。」

金雀不滿意的說：「達哥介紹得太簡單了，我們班同學給他取了綽號，叫做『雞排王子』呢！哈哈哈！」

達哥搔頭傻笑一下，露出一排整齊的白牙。阿弘看得出來，金雀好像有點喜歡達哥，一講到他，話裡都帶著撒嬌氣。

這好大的雞排還滿好吃的，香香酥酥，咬起來有點乾，配上冷飲倒是不錯。不過阿弘很快發現，店裡生意清淡，偶爾才有人上門點菜。

是因為禮拜三，非假日的關係嗎？他往店外兩旁看去，不對啊！有些店家生意興隆，甚至還有一兩家大排長龍。這雞排並不難吃，怎麼會這樣呢？

阿彬伯公說：「這位阿弘得過『台灣炒飯王』比賽的冠軍，現在正在跟他爸爸學做辦桌菜。」

達哥一聽，眼睛亮起來，興奮的說：「好厲害呀！我也報名了一項烹飪比賽，後天就要舉辦初賽了。」

「你也喜歡做菜？」阿弘問。

「對呀！我很喜歡做異國料理，像是義大利麵、烤披薩、日本料理。我以前還在這些餐廳打過工，就是要為了去看師傅們的手藝，偷學幾招。」達哥誠懇的說。「至於中華料理，我就比較沒有接觸了，如果有機會的話，再跟你討教一下。」

「沒問題。」遇到同好，阿弘開心得快跳起來。「我對你剛才講的那些菜也很好奇，我爸是辦桌總鋪師，我們沒有辦過那些菜。」

阿彬伯公看他們聊得很起勁，就對他兒子說：「武雄啊！我本來打算帶著阿弘去逛夜市，可是年紀大了走不久，沒幾步就要腳痠。我看現在客人不多，不如就讓金雀和達哥帶阿弘和惠貞去逛逛，我和你阿母幫你顧店，你看怎麼樣？」

「好啊！那有什麼問題。」方叔叔大方的說。「阿達，放你兩小時的假，薪資照給，幫忙招呼一下遠從南部來的客人，可以嗎？」

「好啊！」達哥欣然接受這項任務。

方嬸嬸順勢說：「最近半年來開了幾家新的雞排攤，生意很好，你們也幫忙看看他們的雞排有什麼花招，回來講給我們參考。」

「遵命。」達哥一高興，臉上綻放神彩。

四個人便往人潮中走進去，然後很自然的，金雀和惠貞姐比肩，阿弘和達哥走在一起。

這裡有好多小吃攤，一眼望不到盡頭，阿弘走在其間心花怒放，因為每攤都噴灑著不同的香氣，彷彿奏出獨特的歡樂曲繞著人身子轉，讓人不知不覺要跳起舞來。

兩個女生走沒幾步就同時隱沒在鞋店、飾品店、包包店之間，而兩個男的則是在小吃攤前駐足，吃吃喝喝，對美食品頭論足。

他們先吃了知名老店的油炸臭豆腐，又去買用竹籤串起來的炭烤臭豆腐，阿弘吃得津津有味。

「油炸臭豆腐，是素食者都能吃的，所以生意很好。炭烤臭豆腐就是賣創意了。」達哥經驗老到的介紹說：「走，那邊還有排隊名店，大腸包小腸。」

他們過去排隊，排了好久才買到。

阿弘吃了之後五官一開，臉上出現光彩：「好有創意的小東西，糯米腸和香腸的皮都烤得有炭香，咬起來卻有不同的脆度，一個軟綿一個堅實，混在一起之後雙方都開始讓步了。加上酸菜配料多，還有濃郁的醬料，口感滋味都好豐富，難怪那麼受歡迎。」

達哥有如久遭逢前世知己，開心的說：「快，那邊還有懶人蝦、起司馬鈴薯、章魚小丸子和黃金烏賊飯，都是有名的小吃。我們過去全部買好，然後到逢甲大學裡面慢慢吃。」

「太好了。」阿弘好期待。

他們一家家排隊，花了不少時間。達哥不忘老闆娘交代的任務，也到生意興隆的雞排店，買他們的主力雞排。

在買泰式椒麻雞排時排了好久的隊，輪到他們時，達哥跟店家的工讀生攀談起來：「嗨！羅致吉，你怎麼在這兒？」

「黃騰達，你不是在『大利多雞排店』打工嗎？怎麼跑來我們家買雞排？」羅致吉似乎比達哥還驚訝。

「你們家的？」達哥納悶的問。

「喔！這是我伯父開的攤子，生意太好了，找我來幫忙。」羅致吉邊忙邊說。「我聽說你也報名了『異國料理大賽』？」

「沒錯。」

「我勸你去退賽，可以退回報名費。」羅致吉一臉鄭重的表情。

「為什麼？」達哥莫名其妙。

「因為我也報名了呀！冠軍非我莫屬。」羅致吉輕蔑的說。

「你太狂妄了吧！」達哥不悅的說。

阿弘也覺得對方太自大，生氣的回他：「你少看不起人。」

「哈！我的伯母是泰國人，我們根據泰國椒麻雞的作法來改良雞排，你自己看看，我們的攤子多受歡迎。你們『大利多』生意那麼差，你都沒辦法讓它起死回生，憑什麼參加料理比賽？」

「我……」達哥想說什麼，卻無力辯駁。

夜市
燒烤王
年青人眼鏡
臭豆腐

台灣逢
魯味
周
竹
雞排

買齊各種食物之後，達哥帶阿弘來到逢甲大操場的階梯看台上，一邊居高臨下看著底下的人在健走慢跑，一邊抬頭欣賞星月夜景，同時沉浸在美味之中。

阿弘一一品嚐之後，各自給予讚嘆：「懶人蝦不用剝殼，還能吃到專屬於海鮮的焦香，有趣。起司馬鈴薯的專長是它的鬆綿和奶香。章魚小丸子的能耐是軟中帶硬，醬料繁多。」

達哥微笑以對，似乎若有所思。

「你怎麼了？」阿弘察覺達哥有些不對勁。「還在生剛才那個人的氣嗎？」

「沒什麼？」達哥看阿弘嘴巴裡沒東西了，立刻奉上黃金烏賊飯：「來，吃看看。烏賊飯是日本北海道的鄉土料理，據說是戰爭時期米糧很缺乏，恰好漁民捕到大量的烏賊，就把僅有的飯包進烏賊的肚子裡，炊煮來吃。現在被改良成炸物，切成片搭配醬料，是新興的人氣美食。」

阿弘又起一片送進口中一嚼，隨即摀口驚呼：「這什麼口味？酸酸辣辣又甜甜，還有好濃的香氣，不是一般的甜辣醬。」

「那是莎莎醬，番茄、九層塔、洋蔥、蒜末、辣椒剁碎，加檸檬汁去調配出來的，是墨西哥菜中常用的佐餐醬料。」

「你懂得好多，你才厲害。」阿弘佩服的說，然後卻感到疑惑。「北海道烏賊飯來自日本，為什麼搭配的是墨西哥醬料呢？」

「哈！你好聰明，這就是台灣夜市小吃的特色，混搭和創意。」

達哥拿出別家的雞排，又說：「你看，這家是雞排配韓式泡菜，這家是雞排搭配生高麗菜絲和凱薩沙拉醬，還有我社團同學的泰式椒麻雞排，也都是因為混搭和創意受到歡迎。其實他說得沒錯，方老闆的雞排太傳統了，想要跟他們競爭，得要有新的創意才行。」

「雖然是混搭，也有創意……」阿弘嚼著雞排，脫口而出：「可是我吃來吃去，怎麼覺得，都跟異國料理有關啊？」

「異國料理？」達哥的腦子裡像是撞進了一根大鐘槌，使他愣了好一會兒。等他回神後，急忙問阿弘：「你今天晚上要住在哪裡？」

「在方叔叔家打地鋪啊！」

「別打地鋪了。」達哥伸手搭他肩膀，眼神堅定的望著他。「去我那邊過夜，彈簧床給你睡，我來打地鋪。」

「啊？」阿弘受寵若驚，不知該怎麼回答。

4 充滿東洋味的一天

達哥急切的又說：「我們有共同的興趣，我有好多東西想給你看。」

「好是好，」阿弘有點為難。「只是我不知道要怎麼跟阿彬伯公和惠貞姐說，畢竟我們是一起來台中的，而且對方叔叔他們也不好意思。」

「別擔心，這交給我來處理。」

他們吃完東西之後回到「大利多雞排店」，惠貞姐和金雀早已回來，還怪他們亂跑，讓人找不到。阿弘說：「我們不喜歡逛那些飾品衣服的，我們去吃了好多美食呢！」

達哥向大家說：「我和阿弘一見如故，他有許多參賽經驗，我想向他請教一些問題，因此希望能請阿弘到我租屋的地方過夜，不知道可不可以？」

阿彬伯公笑說：「這個要問阿弘，不必問我們。」

阿弘欣然點頭。

惠貞姐說：「那麼明天下午兩點，你到金雀家樓下大廳跟我們集合，一起回南部去。」

「好。」阿弘看著達哥，開心的回答。

「達哥真是壞蛋。」金雀吃味的說：「阿弘一來就被達哥拐走了。」

大家聽了哈哈大笑。

接著，他們報告了品嚐別家雞排的心得。

達哥強調說：「他們的產品都具有混搭和創意的特色，我想這就是他們生意興隆的關鍵。」

「別忘了，異國風情。」阿弘還說：「如果要跟他們競爭，得要做出自己的特色。」

達哥又說：「對了，我曾經看過資料，說長久以來華人吃雞肉都以燉煮熱炒為主，油炸雞肉似乎是在美國從黑人流傳開的。」

阿彬婆也說：「咦？我記得年輕時沒聽過炸雞啊！我們鄉下煮雞肉，都做成白斬雞，蘸蒜頭醬油。」

方叔叔說：「炸雞是多年前由美國的連鎖速食店引進台灣的，不過鹽酥雞倒是台灣人研發的新吃法，一口一小塊，不必挑骨頭，很方便。」

「你們剛才說的那些創意，」方嬸嬸面有難色的說。「對我們來說，難啊！能想到的，能變化的，都給別人用光了。」

這時有幾個客人一起上門，大家停止閒聊，忙招呼客人去。阿弘主動上前當達哥的助手，方叔叔和方嬸嬸樂得輕鬆，一個包裝，一個收錢，臉上多出燦爛的笑容。

夜深了，金雀帶阿彬伯公夫婦和惠貞姐先回去梳洗休息，阿弘留下來幫忙。一直到凌晨一點半收攤了，阿弘才到方叔叔家拿行李，再跟達哥回家。

來到達哥家，一看是標準的學生套房：衛浴、大床、桌椅、衣櫥、書架、小冰箱和大電視。特別的是櫥架上有大同電鍋、電磁爐、烤箱、鍋子和許多調味料，彷彿一個小廚房。

「哇！麻雀雖小，五臟俱全，感覺好適合隱居，是當宅男的好地方。哈！」阿弘不禁歡欣的說：「我真羨慕你一個人住，沒有爸媽管，一定很自由。」

「呵呵！」達哥笑而不答。

再看那書架和書桌上，擺滿了書籍和各種小玩意。

達哥發現阿弘好奇的目光，忙介紹說：「這是日本東京晴空塔小模型，這是荷蘭的木鞋吊飾，還有這威尼斯的小丑面具吸鐵，還有德國小木偶、韓國娃娃……」

「哇！你去過那麼多國家？」阿弘又驚訝又羨慕。「你一定有很多錢。」

「沒有啦，有些是我到國外買回來的小紀念品，有些是在台灣的藝品店買的。我去過日本、馬來西亞和新加坡，都是靠打工省吃儉用存下來的錢去玩的。我下一個目標是歐洲國家，我想去吃正宗的義大利麵、西班牙海鮮燉飯、瑞士起司鍋、法國烤田螺，買更多紀念品，所以我要認真的打工。」

「太厲害了。」阿弘又細看那些書的書名。「義式料理、泰國菜、法國料理、日本料理……都是料理的書。」

「我對這些料理的製作很有興趣。事實上，我報名的烹飪比賽正是『異國料理大賽』，因為它的獎金很豐厚，冠軍得主有十五萬元的獎金，夠我去歐洲各國好好旅遊一番了。你看……」達哥蹲下去，從床底拿出兩個玻璃罐。「我做的德國酸菜和韓式泡菜。」

「哇，可不可以吃一……」阿弘話還沒說完，達哥已經打開罐子，拿筷子夾給阿弘。

「嗯……」阿弘細細品味，連連點頭。「德國酸菜清香酸，韓國泡菜辣脆甘，都很到位。」

「真的嗎？」達哥受了肯定，喜出望外。「你說的一定準，你是真正的廚師。」

「哈！沒啦，我也只是剛開始學做總鋪師而已。」

「不瞞你說，希望你不要笑我，」達哥顯得有點靦腆。「我的志向是將來開一家『異國料理餐廳』，裝潢成希臘藍的風格，在裡面擺上蒐集來的紀念品跟客人分享。」

「太棒了！我怎麼會笑你呢？我很佩服你呢。」

「你呢？」達哥開心的問。「你的志向是什麼？」

「我想學好辦桌，贏得許多金牌，最後像我的太師父那樣，當上中華料理的大通灶。」

「大通灶？那是什麼？」達哥一臉困惑。

「我的太師父非常厲害，身兼各大餐廳的主廚。他不必自己動手下廚做菜，他的工作是到各大餐廳去巡視指導，只消看一眼，就知道一盤菜有沒有到位。」

「天哪！那就是廚神等級了。」達哥一臉「不可思議」的神情。

「可以這麼說。」

「唉呀！」達哥忽然皺著臉，往後撐著腰，莫名的唉叫一聲。

「怎麼了？」阿弘關心的問。

「沒什麼，腰部抽痛了一下。」達哥的臉色發青。

「你太累了，趕快休息吧！」

「是，已經快要三點半了，我來把房間整理一下，你先去洗澡。」

「好。」

阿弘進到浴室盥洗，不久洗好後，換達哥進去。

阿弘洗去一身疲累，全身放鬆，隨手便拿起書架上的書來翻看。那是《法國料理大全》，裡面有好多讓人垂涎欲滴的法國菜，阿弘看著，晚上吃的一大堆小吃彷彿已經被消化吸收了，肚子又催起戰鼓。

「不能再吃東西，忍耐……」

忽然一張小紙片從書頁中落下。他拿起來看，發現是手寫的一首詩。

思想起

薰衣草向我走來

攏上紫色的香吻

迷醉於這暖暖的

葡萄酒的輕呢
窗前的風鈴想搖醒
我枕在心湖底的祕密
不能浮起的三個小泡泡
離水就要破去

達哥出來之後，阿弘調皮的問他：「這是不是你暗戀女生的時候寫的詩？」

「呵！快睡覺。」達哥一碰到床，倒頭便睡。

阿弘躺在一旁念那首詩，不一會兒達哥的鼾聲便響起應和，阿弘也跟著睡著了。

隔天早上，達哥九點起床。怕吵醒阿弘，他躡手躡腳的開冰箱，拿出白米、小黃瓜、蟹肉棒、蝦餃、沙拉醬和酸醋，又開抽屜拿出海苔和小竹簾。他用電鍋煮飯的同時，也用另個盤子在電鍋裡蒸熟了蝦餃和蟹肉棒，然後全部搧涼，做成壽司給阿弘當早餐。

阿弘醒來已經快十點，發現這盤特別的壽司餐，很是驚喜。一嚼下去，層層分明，彷彿抽絲剝繭般嚐到微枝末節。他不禁讚嘆說：「你的壽司好特別，咬下去後海苔應聲裂開，米粒圓潤飽滿，滑進舌間滋味酸甜微鹹，蝦蟹海鮮味濃郁，油脂適度潤滑不乾澀，襯托出草原風味的海苔香。哈！好想配一碗味噌湯。」

達哥歡欣的笑說：「你說得一口好美食，簡直能當詩人了。」「憑你這手藝，我相信你參加『異國料理大賽』，一定會有好成績的。」阿弘誇讚說。「我本來覺得有點奇怪，你說要問我有關料理比賽的事情，可是又沒問我什麼問題。原來，你實力堅強，很會做菜。」

「沒啦！我只是對初賽比較有信心。」達哥客氣的說。「如果通

過初賽，我再向你討教晉級的祕訣。」

「好啊！沒問題。」阿弘很有自信的說。然後他跟著技癢。「這附近有沒有超市？我想做一道『龍膽海鮮味噌鍋』來回請你。那裡面有龍膽石斑魚、蟹肉棒、老豆腐、白甜蝦、花枝、蛤蜊、金針菇，一大把蔥花和我的獨門祕方起司味噌湯。」

「喔！聽起來好華麗，可是不要，太豪華，太貴了。」達哥貼心的說。「你出門在外，不要花太多錢。而且美食不一定要花費多，巧思就能大享受，就像這一大盤壽司，花不到一百元。」

阿弘想想說：「不花大錢的料理也有，下午茶就看我的。」

「你下午兩點就要跟大家回南部了，不是嗎？」達哥以為阿弘搞錯了。

「可是我覺得這裡很好玩，還沒玩夠呢！我想多住幾天，可以嗎？」

原來阿弘另有打算。

「當然可以，可是你爸媽同意嗎？」達哥不放心的說。

「我這就打手機跟他們講。」

阿弘打了手機給爸爸，詳細說明了新計畫和緣由。

爸爸知道後，擔心的說：「喂！你會不會交到壞朋友啊？」

他聽到媽媽在一旁責怪爸爸說：「你就對自己的兒子這麼沒信心嗎？難得出去玩，認識了志同道合的朋友，這是多麼難得的緣分呀！更何況多認識朋友，擴展人脈，也是應該的。」

爸爸聽了之後就沒意見了。

「耶！我爸媽同意了。」關掉手機之後，阿弘開心歡呼。

「太好了！」達哥高興的說。「好期待今天的下午茶。」

下午兩點，阿弘依約到方叔叔家，宣布了他要住下來的消息，並且說已經獲得爸媽的同意。大家雖然錯愕，卻也沒有意見。於是阿彬伯公夫婦和惠貞姐先回台南，阿弘留下來陪達哥一起賣雞排，而且是義務幫忙方叔叔，不收工資。

原以為方叔叔和方嬸嬸會很開心，沒想到他們只是乾乾的笑著。

離開方家之後，阿弘叫達哥帶他去超市，買了蔥、嫩薑、蛤蜊和櫻花蝦，又到附近飲料店買了兩杯手搖抹茶。

回到套房，他做了「北海道櫻花蝦蛤蜊飯」，配著手搖抹茶一起吃。那鮮甜的海味一次次被抹茶的清香與苦澀刷洗，變成一股獨特的日本風味。達哥吃得眉飛嘴跳的，讚嘆不已：「今天是我們的『日本日』，萬歲！」

五點上工的時間一到，兩人趕到雞排店。卻見方叔叔卻拿出幾張鈔票遞給達哥，滿面歉意的說：「很抱歉，今天開始你不用來打工了。」

「什麼？」宛如晴天霹靂，兩人都好震驚。

5 法國菜的邏輯

「是我表現得不好嗎？」達哥好困惑。

「不是，當然不是。」方叔叔連忙否認。

達哥又慌張的問：「我為了要參加比賽而預先請了三天假，是這個關係嗎？」

「不是，是因為最近生意被拉走許多，店租又漲了五成，眼看就要虧錢了，只好辭退工讀生。」方叔叔難過的說。「其實我只想做到下個月初，然後把店收起來，另外找出路。」

「雖然這家店已經開了十年，但遇到這麼不好的狀況，也是沒辦法的事。」方嬸嬸也情緒低落的說：「不好意思，我們早有這個打算，只是怕我老爸老母擔心，必須等他們回去才能說。這是你的薪水，你拿去，另外找其他的打工機會吧。」

兩人只好默默的退出雞排店。

原本準備了要一起賣雞排的，這下突然沒事了，兩人閒晃到附近的福星公園，在公園裡東走西繞，不知何去何從。

達哥落寞的說：「雖然在這商圈打工機會不少，可是想到這家店要關起來，就覺得好可惜，因為在這麼競爭的地方，一家店能開這麼久，是非常不容易的事啊！」

「咕……咕……」阿弘摸著肚子，停下來說：「我餓了。」

「好，我也餓了。」達哥也停下來，掏出口袋裡的薪資說：「走，我請你吃晚餐去。」

達哥帶他回家，兩人戴上安全帽，然後跨上機車，往商圈外騎出去。

「不是去夜市吃東西嗎？」阿弘狐疑的問著。

「不，我現在有好多錢，我帶你去吃別的。」

阿弘回頭望著華燈初上的熱鬧夜市，再看看前方越來越昏暗的視野，感到有點感傷。

機車在一個十字路口左轉，騎進了大樓林立卻路寬車稀的社區。抬頭看去，許多大樓裡點亮的家燈很少，社區顯得陰暗幽靜而冷清。

阿弘嘀咕著：「這裡怪怪的，感覺好荒涼。」

「荒涼？哈哈哈！」達哥狂笑起來。「這裡可是台中最精華的地段七期重劃區呢。這邊房價很高，而且大多是純住宅大樓，很少商店，所以感覺比較不熱鬧。」

「你帶我來這兒做什麼？」

「吃晚餐啊！」達哥在一家漂亮的店門口停下來。「到了，台中有名的法國餐廳。」

「法國餐廳？不會吧？」阿弘不敢相信自己的耳朵。「我聽我爸說過，法國菜很高級，價位也很高。」

「沒關係，進來吧！」達哥搭著他的肩膀，一同走進去。

裡面幾乎滿座，服務生帶他們坐到窗邊的雅致座位。

阿弘看看裝潢與氣氛，果然不同於中餐廳。天花板是發亮的雲白，牆壁貼滿花格紋淡紫色壁紙，大塊的橄欖綠落地窗簾刻意捲出流線的波紋，黃色流蘇在底下輕輕搖曳。廊道口的天花板和小門邊，都以金色拱形圓弧收邊。桌面由強化玻璃墊上銀狐大理石，顯得素雅而堅實，椅子則是紫絨布鋪面鑲金邊的宮廷款式，貴氣十足。

服務人員衣著整潔一致，下臂都托著潔白的餐巾，配合著疏懶而浪漫的法國香頌，行止優雅頗有氣質。

阿弘坐定之後，受到環境薰陶，心情一改，像舞台上換幕似的，從陰雨腥風的港都，換成陽光普照的普羅旺斯薰衣草田。

服務生遞上菜單之後，阿弘仔細閱讀，發現和中式菜單大異其趣。

他彷彿發現新大陸般的驚喜說：「法國菜的命名法和辦桌菜完全

相反。」

「怎麼說？」達哥不懂他的意思。

「法國菜把材料和作法都一五一十的寫出來了，辦桌菜卻是故意隱藏起來，另外取個響亮的名稱。我在幫我爸比賽拚桌的時候，就曾經幫整套宴席的菜色取了十多個名字。」

「好，我來考考你。」達哥看著菜單煞有介事的說。「帝王干貝搭烏魚子燉煮大蔥小米飯，如果是辦桌菜，你要取什麼名？」

「嗯……『大小通吃貝子爺』。」阿弘思索三秒鐘便答出來。然後看到達哥驚異的表情，他連忙解釋：「貝子爺是清朝的爵位，比貝勒爺低一個等級。」

「這你也懂？」達哥雙眼睜得好圓。

「為了取菜名，我研究過不少富貴繁華的成語、典故，包括清宮歷史之類的。」

「好，來，這一道，香煎馬頭魚及海大蝦配春蔬佐嫩筍醬汁，給你命名。」

「這很簡單，就叫『龍馬精神』。」阿弘解釋說：「蝦子的頭像龍頭，要刻意擺出來，馬頭魚自然就是馬了。」

「妙啊！再來，再來……」達哥翻著菜單。「有了，夢幻石鯛搭萊姆鹽之花及金黃清漬三文魚，給個新名字。」

「兩條魚，嗯……相濡以沫，這不好，像是同歸於盡，不吉利。」阿弘摸腦搔腮，歪頭細思。「有了，就叫『相忘於江湖』，莊子說的『相濡以沫，不如相忘於江湖』。意思是……」

「意思是，兩條魚在泉水乾涸時，互相緊靠用唾沫互相濕潤對方，幫對方維持生命。雖然情義堅定很感人，卻不如生活在大江大河裡，不需依賴別人，彼此從不相識，卻更加自由自在。」

「哇！達哥，你好厲害。」

「我厲害，你天才。」

看著服務生等很久了，達哥感到很不好意思，便示意阿弘快些點餐。

阿弘點了香煎馬頭魚及海大蝦配春蔬佐嫩筍醬汁、紅花番茄海鮮湯，還有松露野菇燉飯。

達哥點了松露奶油蘑菇湯、路奇肥鴨肝與南法甜椒飯，還有夢幻石鯛搭萊姆鹽之花及金黃清漬三文魚。

服務生走後，達哥對阿弘耳語：「我喜歡你的『相忘於江湖』。」

「嘻嘻嘻！」在這幽雅的地方，阿弘只敢小聲竊笑。

不久上了「蜜桃氣泡餐前酒」，兩人都抿了一口。水蜜桃的香氣隨氣泡從口腔入肚，隨之又往上昇華到鼻腔，通身都清爽疏暢了。

上菜之後，阿弘吃了幾口，恍然大悟說：「我知道法國菜名的作用了，因為每吃一樣主菜和配菜，都能清楚專注在那道食材上。例如：吃馬頭魚時，腦子裡想的也是馬頭魚，吃海大蝦時，腦子裡也是海大蝦，沒有其他念頭來干擾。」

達哥同感說：「有道理，如果這道菜名是『龍馬精神』，我吃到時會去想：『喔！原來是海大蝦和馬頭魚。嗯！吃了以後會龍馬精神。』然後想像自己因此變得精力旺盛。可是吃過之後，會問自己說：『咦？我剛剛是吃了什麼？』」

阿弘因而有另一層體悟：「我懂了，富貴吉祥的菜名是營造喜宴歡樂的氣氛，像這樣與好友來品嚐美食的時間，那就適合細細的體驗每一樣食材的滋味。」

由於他們點的是不同的菜色，因此不時交換部分的菜來吃，吃得其樂融融。

阿弘發現主菜都只有簡單烹調，不管是魚、蝦、鴨肝、松露，都

藉由醬汁的襯托，來宣告自己鮮明的個性滋味。而中華料理卻是把不同食材混在一起，各自貢獻部分也犧牲部分，彼此妥協來化合成全新的風味。這兩種是完全不同的邏輯啊！

不久達哥有感而發的說：「唉！明天開始，我得要去找下一個打工的餐飲店，然後向主辦單位申請重新報名，不然到時候比賽過程中，可能遭到檢舉而被取消資格。」

「為什麼？」阿弘大感意外。「怎麼會這樣？」

「這個比賽規定，參賽者要用餐飲店的名義參加，而非個人名義來報名，它的目的是要提升區域內餐飲店的競爭力，同時把整個夜市的餐飲素質提高。」

「我看得出來，你有點不甘心。」阿弘瞅著達哥，儼然擁有讀心術似的。

「怎麼會？『大利多雞排店』又不是我開的，我何必不甘心。」

「是這樣嗎？眼看著自己打工的店失敗了，卻沒能挽救。你是個隨便認輸的人嗎？」

達哥倒是眉尾一挑，坦然的說：「阿弘，你真說到我的心坎裡了。其實羅致吉說得沒錯，如果我沒辦法讓大利多的生意變好，我有什麼資格參加料理比賽？」

「我覺得方叔叔的雞排店還有救。你看過日本節目『搶救貧窮大作戰』吧！」

「看過很多次。」達哥不住點頭。

「你想不想試試看？」阿弘站起來，走到達哥身邊，一手拍上他的肩。「如果你願意，我陪你一起努力。我們來研發叫人耳目一新，既好吃又有特色的新產品，然後去說服方叔叔販賣。你覺得如何？」

達哥握住阿弘的手，眼中燃起熊熊炬火，熱切的說：「那麼，先從雞肉的肉質改變起。為了壓低成本，炸雞用的雞肉都是上游供肉商

6 精彩的亞洲料理大賽

隔天一早，達哥從櫃子裡搬出一個沉甸甸的紙箱，阿弘好奇的伸手想打開，卻被達哥擋下來。阿弘困惑的問他：「這裡面裝什麼？幹嘛那麼神祕？」

「這是我今天初賽的祕密武器，當然不能輕易亮相。」達哥故意賣關子。「走，跟我去買今天比賽用的食材，比賽是下午兩點開始，我們得在十二點之前買齊食材，才趕得上。」

達哥帶他到超市去買了牛肉、雞肉、蝦子、花枝漿、雞蛋、各類蔬菜、檸檬、法國麵包、罐頭高湯和甘蔗。

「甘蔗？」阿弘非常意外。「這是飯後甜點嗎？」

「你太可愛了。哈哈！到時候你就知道了。」達哥還是保密功夫到家。

一切妥當之後，他們簡單在路邊吃焢肉飯，就跨上機車，一路往北騎去。

阿弘不知道達哥要騎去哪裡，只覺得眼前有一排青山，而青山越來越高大，越來越明晰。不久繞過一個槭樹圓環，他們騎上了山路。

阿弘忍不住發問：「我們到底是要去哪裡？怎麼往山上走呢？」

達哥笑說：「我們剛剛經過了大坑，現在正往目的地新社前進。」

「今天的比賽在新社舉行嗎？」阿弘不放心的問。「新社在山上嗎？」

「是的，新社是個台地，氣候很適合種花果等農作物，可以說是台中市的後花園。」達哥一邊騎著彎路，一邊解說。「待會兒比賽的地方，也是個大花園。」

「哇！花園中的花園。」阿弘不免在心中勾勒起七彩花園的景象。

連續幾個上坡彎路之後，終於進入一片平坦的地方。阿弘頓感空氣清新，天空好藍，白雲很厚，而四周都被遠山環繞，房舍稀少低矮，沿路還有許多民宿、餐廳的路標與招牌。感覺這兒是個度假聖地，跟市區鱗次櫛比的高樓大廈景觀大異其趣。

不久達哥騎進一個石頭圍牆搭成的大門，一座雄偉又幽雅的古堡建築赫然呈現眼前。

「哇！好漂亮。」阿弘太驚喜了，他們居然進入一個中世紀歐洲樣式的古堡花園內。

達哥亮出參賽證件給門口警衛看，然後便長驅直入，在停車場停好機車。兩人合力把紙箱和食材全都搬到比賽會場的綠草皮布棚下。

主辦單位已經依照編號次序，設置好數十個瓦斯爐台和工作台。

羅致吉已經先來到現場，達哥過去跟他打招呼。

羅致吉故做驚訝狀說：「啊！你怎麼來了？唉！來見見世面也好，就算沒過關，也能學幾道菜回去。」

面對這些挖苦，達哥沒有生氣，而是高興的說：「我知道你很強，但我也不弱，你等著瞧。」

「耶！」阿弘一聽在心裡讚許一聲，覺得達哥好氣魄。他振奮的對達哥說：「我來幫你，有什麼要我做的？」

「不用了，我都準備好了。」達哥對阿弘說：「你去玩，這裡很漂亮，是有名的觀光勝地，你沒來過，先去逛逛吧！」

「好。」阿弘高興的回答，然後安心的往大水池走過去。

忽然烏雲飄過來，遮蔽了晴空，電光閃閃，「轟隆──轟隆──」數聲雷響後，便嘩啦嘩啦的下起大雨來。

阿弘急忙跑進一個六角型屋頂的石屋旁躲雨，發現那是一間餐廳，裡頭有客人正在享用西餐。回頭看屋外，雨水打起地上的塵土，濕氣奔向空中，暑氣全消。

烏雲散去，大雨很快停止，一陣清涼襲來，阿弘跟著人們又回到水池步道間徘徊。

那羅馬造型的拱門、圓窗和瞭望台，都被淋洗出精神。滿眼的草地、灌木圍籬、喬木叢林都發散著亮綠色光，宛如蛋糕上的水果塗上透亮的果凍，變得汪汪晶瑩，鮮豔欲滴。

環繞四周的山頭也變得翠綠了，猶如新成的畫作，反射出濕潤的油光。

這裡的景色實在太美了，阿弘流連駐足，渾然忘我。

「選手注意！選手注意！請到草皮區集合。」主辦單位用麥克風廣播著。「現在時間是下午一點半，比賽將在兩點準時開始。」

一聽見廣播，阿弘這才回神，往比賽區走去。

「今天是七月二十五日，『異國料理大賽』舉辦第一場比賽。第一場是資格賽，共有三十位選手參加。」主持人又廣播。「請各位選手依照號碼，到指定的餐廚位置就位。」

阿弘看見達哥的工作台上擺了鍋碗瓢盆、美麗的餐盤和噴霧器，還有長條的乾米粉、乾香料、橄欖油、番茄醬，跟其他陌生的瓶瓶罐罐，不禁好奇的過去問他：「這些是什麼罐頭？上頭寫的字都不是中文。」

「這些都是越南常用的的醬料和香料。」

「越南？你要做的是越南菜。」阿弘驚訝的說。「出乎我意料之外。」

達哥自信的繼續解說：「像這是潮州沙茶醬、是拉差醬、椰奶、越南魚露。」

「好特別，它們是做什麼用的？又是什麼做的？」

「潮洲沙茶醬是用花生、蝦米、椰絲、芥末和其他辛香料做成的，味道比一般的台灣沙茶醬還要濃郁，還要香辣，多用來烤肉串，也能拿來煮湯。」達哥拿起另一罐又說：「這叫做『是拉差醬』，是原產於泰國是拉差這地方的辣椒醬，有獨特的香氣和辣度，適合當沾醬，也適合涼拌和炒菜。而這椰奶可以中和辛辣味，並增添椰香奶香。」

阿弘把它們打開，一一嗅聞，忽然苦著臉，把其中一個裝有琥珀色醬汁的玻璃瓶拿開，心懷驚懼的說：「這是什麼？有魚腥味。」

「哈！這是越南魚露。由小魚、鹽、糖、醋、醬油和酒去醃漬發酵，所做出來的調味品。味道是鹹的，鮮美的，可以用來幫食材提鮮，也能調味，在越南有『調味之皇』的稱號。」

阿弘佩服的點點頭，隨即拿出一疊圓形、中央壓印有十字花紋，像是透明膠片的東西，又狐疑的問：「這又是什麼？又乾又硬的，好奇特的東西。」

達哥欣喜的介紹：「這是越南春捲米紙，跟台灣春捲皮不一樣，這是把米漿蒸熟後風乾的，只要用熱水噴過，就能吃了。」

這時主持人宣布說：「簡章中已經明白寫出，第一場比賽的規則，是以亞洲國家的料理為主題，在中華料理之外，由選手自己選定一個國家的料理，做出四道菜。不論色香味都要是純正道地的該國料理，如果不符資格便會被淘汰。」

「難怪你老神在在的樣子，原來胸有成竹。」阿弘微笑著說。

主持人又說：「現場備有冰塊，無限量供應，請選手自取。好，比賽即將開始，請選手就位，不是選手的人，請退到場外觀賽。計時一個小時……」

阿弘一聽，急忙走到場外去。

「嗶——」

只見達哥先把米粉泡進冷水中，然後煮兩鍋滾水，一鍋之中汆燙蝦子和米粉，撈起後放冰水中冰鎮。另一鍋熱水裝入噴霧器中，對著越南春捲米紙噴了又噴，很快的，黃褐色如塑膠片的米紙變得柔軟雪白，嬌美可愛。

那鍋汆燙用的水沒有浪費，達哥在裡面加入高湯、潮州沙茶醬、是拉差醬和椰奶，然後加入牛肉片和豆芽菜。再把它澆淋在乾涼的米粉上。

這時兩個鍋子都空出來了，一個裝油燒熱，一個起油鍋，中火熱炒洋蔥、蒜頭、辣椒、南薑片，然後加入番茄、紅蘿蔔、白蘿蔔、檸檬葉和汆燙過的牛肉塊，加高湯、魚露和番茄醬熬煮。

趁這空檔，達哥削甘蔗，切成十公分小段，並剖成食指般的粗細。蝦仁拍成泥與花枝漿、蛋白混合，然後裹在沾了太白粉的甘蔗上，猶如肋排那般形狀，入油鍋去炸。

炸好之後，撈起瀝乾，另外拿一些米粉和鮮蝦、生韭菜、九層塔，一同包捲進越南米紙中。

阿弘這才發現，有些人帶了助手來協助做菜，而達哥跟那羅致吉都沒有助手，卻又無比熟練，彷彿專業廚師一般老練，著實不簡單。

「嗶——時間到。」

選手熄火，退到工作台後，三位評審開始品評，選手們嚴陣以待，謹慎回答。

「我做的是韓國料理，石鍋拌飯、辣炒年糕、泡菜炒豬肉。」

「這石鍋不夠高溫，無法製造出鍋巴的效果。」

「我今天選擇日本料理，做了味噌拉麵、綜合壽司、土瓶蒸。」

「味噌拉麵裡頭為什麼放這麼多甜玉米粒？」

「我的是印度料理，馬鈴薯炒菠菜、咖哩花豆、印度烤餅。」

「馬鈴薯應該切塊而不是泥狀，這樣少了咀嚼的口感……」

「我這是因為……這個……那個……」

有的選手答得好，有人卻嘀嘀嘟嘟的不知所云。陸續有人過關，有人遭到淘汰。

羅致吉大聲的說：「我的是泰國菜。涼拌青木瓜、暹邏公主沙

異國料理大

拉、泰式明蝦酸辣湯、綠咖哩雞。」

「為什麼叫做暹邏公主沙拉？」一位評審問。

羅致吉充滿自信的回答：「泰國舊稱為暹邏王國，相傳有一位公主因為生病而食慾不振，國王非常憂心。後來有位廚子把燙煮好的肉片、豬肝、明蝦和雞胸肉，拌入魚露、糖、檸檬汁，撒上芹菜珠、香菜和花生粉，贏得公主的喜歡，而胃口全開。」

「非常好，魚露的味道很重，拌入食材裡面，腥味變淡了，反而讓清淡的食材增添了鮮味。過關。」那位評審讚賞的說。

接著輪到達哥，他報上菜名：「我做的是越南菜。越南鮮蝦生春捲、沙茶牛肉米粉、茄汁牛腩法國麵包和甘蔗蝦。」

「滿有樣子的，」評審們吃了之後，其中一人把鮮蝦生春捲的沾醬拿起來聞，然後皺著眉頭問：「剛才那位怕魚露腥味太重，故意把它拌入食材中來沖淡，你卻是把魚露拿來當沾醬，不怕腥味太重嗎？」

「啊……」達哥愣住了。

阿弘看這情況，跟著緊張起來。

7 雞肉品種學問多

達哥想了三秒鐘，急忙回答：「他用的是泰國魚露，腥味比較重，不適合當沾醬。我用的是越南魚露，不會很腥，適合當沾醬。」

「標準答案。」那位評審笑說。「順利過關。」

「哈！」阿弘拍拍胸口，真是有驚無險。

比賽結束，共淘汰二十人，剩下十人可以進入複賽。

阿弘掩不住內心的欽佩，對達哥說：「想不到你對東南亞的料理這麼有研究。」

「哈！因為我的媽媽是越南人啊！」達哥理所當然的說。

「你居然都沒跟我說過，害我剛才為你捏了一把冷汗。」阿弘俏皮的怪罪說。

羅致吉靠過來說：「沒想你精通越南菜，我小看你了。看來你是個可敬的對手，下一場，我會更小心應付的。」

達哥大方的說：「一起加油。」

羅致吉先離開，阿弘跟達哥把那些越南菜吃光。

甘蔗蝦好新奇，咬下脆脆的蝦肉，裡頭竟然泌出甘蔗的甜汁。鮮蝦生春捲也是一絕，米紙透出清淡的米香，甜脆的蝦肉配了韭菜和九層塔的濃香，經魚露沾醬一襯托，甜脆的更清甜，濃香的更滋味。

阿弘覺得越南菜不油膩很清爽，但是酸、辣、鹹、甜、香、鮮，非常夠味，尤其拿法國麵包蘸著茄汁牛腩湯來吃，韌性十足的麵包雖然濕潤了，但彈性不減，還擾動得滿嘴都是麥香。

阿弘吃得好滿足，卻發現一個疑問：「為什麼越南菜會用到法國麵包呢？它們明明是兩個國家呀！」

達哥說：「那是因為越南曾經被法國殖民統治了很久的時間，把法國的飲食習慣如麵包和咖啡等等，也傳進了越南。」

「那跟台灣很像，被日本人統治過五十年，所以台灣人也愛吃壽司和生魚片。」

「答對了。」

「真有趣。」阿弘笑得好開心。

這時已經是傍晚時分，達哥突發靈感，說：「我們先把東西拿回去，然後去慶功。晚上我帶你去夜遊，我們去望高寮看夜景，那裡可以一次看盡海線各區和彰化縣的夜景，非常漂亮喔！」

「哇，太棒了。」

他們收拾好東西，沿著原路回到逢甲租屋處。簡單整理一下，又從逢甲騎到望高寮，長途奔波，花了兩個小時，已然夜幕低垂，星斗滿天。

望高寮位在大度山的山巔西側，往底下看去一望無際，七彩燈光多如繁星，有如黑絨布上鋪滿了各色晶瑩亮透的寶石，美不勝收。還記得在一百層樓的天帝大廈紅荷園，也看過類似的畫面，不過在冷氣房裡看夜景，有著玻璃隔閡，彷彿看著電視螢幕，不像這兒身處林野間，身上有涼風徐徐，鼻竅裡有青草香和土壤味，讓人更加舒爽自然。

看完夜景，他們還去東海夜市吃消夜，有名的東山鴨頭、黑肉圓、小籠湯包、雞腳凍都好有滋味。這兩天吃吃喝喝下來，阿弘真是太過癮了。

回到逢甲租屋處，兩人疲累不堪，睡到隔天下午兩點才醒。

阿弘打手機給養雞達人吳敏郎先生，說：「吳伯伯你好，我是高雄辦桌阿添師的兒子魏子弘，想請教你有關雞肉的問題，不知道可不可以？」

「有，你爸爸是我生意上的朋友，他早上有打電話來跟我說了。你想了解雞肉的問題，可以啊！只是在電話裡講不清楚，你來養雞場看會比較好。聽說你在台中逢甲，我在霧峰近山區，你過來吧。」

實在是太棒了，阿弘連忙抄了地址，然後跟達哥一起出發。

穿過台中市區，又越過大里，來到了霧峰，沒想到那個地址不在熱鬧的市區。他們一路問人，轉來轉去，漸漸的騎上山區的產業道路，經這麼一折騰，竟到了黃昏時間。

總算在山林裡聞到了雞屎味，沿路找到了養雞場。「嗯——汪汪——」兩條大狼犬衝出來，把兩人嚇了一大跳，達哥搖晃著機車龍頭，差點失去平衡，便急忙煞車。

「美莉！嚕米！」只聽見一個聲音粗啞的男人在叫喚，兩條狼犬就停止吠叫，並且往回跑走。

一位腳踩長筒膠鞋，穿運動服，身材魁梧的中年人迎出來說：「你就是阿弘是吧？這一位是……」

達哥馬上自我介紹：「我是黃騰達，逢甲大學的學生，我們是為了想要做出好吃的炸雞，才來打攪你的。」

「好，我們正在吃晚餐，你們吃過了嗎？」吳伯伯問。

被這麼一問，阿弘肚子餓了起來，因為從睡醒到現在還沒進食呢！可是不好意思講。他看看達哥，發現達哥也尷尬的看著他。

「哈！還沒吃對不對？沒關係，來跟我們簡單吃個麵條。」吳伯伯說完，帶他們往屋子走去。阿弘看見屋子旁的空地上停了兩輛小貨車，而走進屋內，竟有六個壯漢圍在一個大鍋前呑食著湯麵。

吳伯伯解釋說：「你們來得晚了，也有點不巧，今天剛好是『出雞』的日子。等七點多雞販來，我們就要開始抓雞。沒關係，你們先簡單填飽肚子再說，麵條很多，就陽春麵而已，盡量吃。」

阿弘和達哥便各吃了一大碗。阿弘覺得白吃人家的，很不好意思，便私下問達哥：「我們也來幫忙抓雞，好不好？」

「當然好。」達哥爽快答應。

他去問吳伯伯的意見。吳伯伯說：「你們要幫忙當然好，不過要有心理準備，很辛苦的。」

「我不怕辛苦。」阿弘很有志氣的說。

趁著天還沒全黑，吳伯伯帶他們到各個雞舍去參觀。

先是來到沒有屋頂，卻有圍籬的地方，只見有許多鮮紅大雞冠、黃褐混紅黑羽毛的身軀、黑色大尾羽的雞，在野地上自由奔跑。吳伯伯說：「這片放養的雞群是土雞，也就是本地雞，又叫放山雞。」

「我爸教我做『首烏燉鳳凰』雞湯，用的就是土雞。」阿弘興奮的說。

「對了，土雞肉質結實，最適合燉湯。」吳伯伯又說：「以前並沒有什麼土雞的名稱，是民國五十年代從歐美進口了白肉雞，由於要跟歐美的洋雞做區別，本地雞便稱為土雞。可是對炸雞來說，土雞肉炸過之後太硬太韌了，不好吃，而且生長期要半年以上，價錢高，不合經濟效益。」

兩人聽著，仔細記在腦子裡。

接著來到另一處圍籬，裡面的雞隻羽毛偏黃褐色，吳伯伯說：「這邊的是仿土雞。由於土雞養起來要很久，飼養成本太高，因此有人引進國外的黑羽雞和紅羽雞，跟本地雞雜交，就繁殖出仿土雞，又稱為仿仔雞。這種雞的生長期大約九十天，也就是三個月。口感沒有土雞堅韌，也不會像白肉雞粉粉鬆軟，適合做白斬雞、紅燒雞，很多人愛吃。」

「三杯雞呢？」阿弘問。

「是啦！也很適合。」吳伯伯笑著說。

最後來到有屋頂的長廊型雞舍，裡面「咕咕呱呱」的傳出雞叫聲。

天色已暗，吳伯伯把雞舍內的燈打開，阿弘看到裡面密密麻麻養著許多白羽毛的雞，牠們一見燈亮都「嗶咯嗶咯」的騷動起來，有的飛有的跳，還互相推擠。

吳伯伯笑著說：「這就是今天晚上要出貨的雞，叫做白肉雞。白肉雞長得很快，約三十五天就可以吃了，牠的肉質軟嫩，如果燉湯會變得粉粉的，太軟爛，不好吃。可是如果在雞肉外面裹上一層地瓜粉來油炸，做成鹽酥雞和雞排，外酥內嫩，就會非常好吃。因為長得很快，成本又低，很受速食店和雞排攤歡迎而大量繁殖。」

達哥問說：「如果拿仿土雞來做成雞排呢？好吃嗎？」

「應該是不錯，比白肉雞有彈性，只不過成本比白肉雞高多了，拿來賣的話墊高了定價，不容易獲利。」

這時又聽到狼犬狂吠，他們聞聲看去，發現一台大卡車載著上百個大鐵絲籠子進到養雞場，並且在入口處緩緩倒車旋轉。

「販仔來了。」吳伯伯大聲吆喝。「來喔！動起來了，動起來了。」

不久全部的人都來到雞舍前面。天色全黑，月明星稀，山間透出一股涼意。大卡車在距離雞舍約五十公尺處停下，並在車上懸起一個點亮的燈泡，工人把鐵絲籠子卸下來。

雞舍這邊，吳伯伯進去裡面把燈關了，雞隻漸漸安靜下來。

阿弘困惑的問：「裡面黑朦朦的，看不到雞在哪裡，怎麼抓雞呢？」

吳伯伯笑說：「呵！如果開燈才抓不到雞呢。雞有夜盲症，把燈關了，牠們看不見，比較不會受到驚嚇而到處亂跑亂跳。你們抓雞的時候，只要往地上去摸，抓到雞腿骨就提起來，很簡單的。」

吳伯伯跟幾個壯漢拿著一長排的鐵絲圍籬，進到黑暗的雞群內，將一小部分的雞圍攏在一起。

「開始。」一聲令下，壯漢們便彎腰下去，個個雙手雙雞，瞬間抓出四隻肉雞，然後走到卡車邊交給販子，裝進鐵絲籠。

「咕咕——呱呱——哇哇——」

看著雞隻尖叫哀嚎，阿弘有些膽怯。達哥壯起膽子走進雞舍，也提出四隻雞來，吳伯伯見狀說：「你們第一次抓雞，一手抓一隻就好，不然很快就沒力了。」

阿弘鼓起勇氣走進雞舍，立刻感到不對，雖然看不清裡面的狀況，但能看見無數的黑影在裡面翻滾跳躍，鬼哭神號般的哀啼震耳欲聾。空氣中瀰漫著濃重的雞屎味，混雜了揚起的雞毛屑和地上揚起的粗糠，吸進鼻子裡即刻引發噴嚏連連。「哈秋——哈秋——」

他等噴嚏停止，趕快憋氣蹲下抓雞，兩手摸到溫熱的雞腳後就抓起來。緊接著就感受到兩條沉重的活物在手臂下拚死掙扎，牠們不但啄他的手，還噴屎在他身上。「媽呀！」阿弘嚇得臉都綠了。

他快快奔跑到大卡車那兒，把雞隻交出去，回頭看見達哥渾身雞屎，臉色蒼白，顯然也受了不少驚嚇。

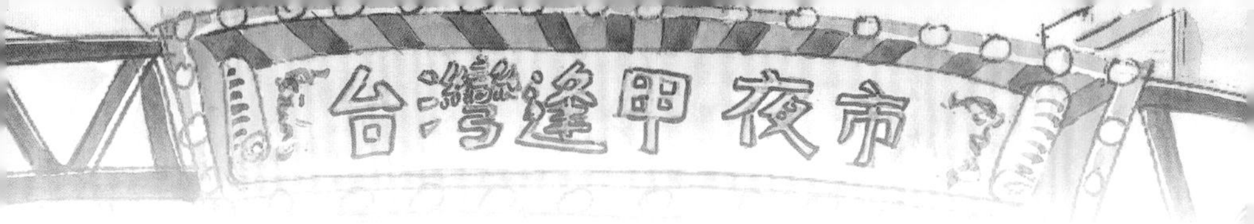

8 努力研發創造新菜

吳伯伯過來對他說：「我講過了，抓雞很辛苦，卻忘了跟你們說會被噴得一身髒。要不你們不要抓了，在旁邊看著就好。」

達哥說：「不，既然答應了就要做到，何況身體都已經髒了，還怕什麼髒呢？」

阿弘也逞強說：「我也還要抓。」

於是兩人繼續進去抓雞，連續幾次之後，慢慢的摸到要領，不要奔跑，避免晃動，以免雞隻驚嚇過度而大力扭動，便可減少被攻擊和噴屎的機率。

那些裝滿雞隻的鐵絲籠子一一過磅後，被工人抬上大卡車，整個雞舍大約在一個半小時後清空。

雞販數了一大疊的的千元大鈔給吳伯伯，然後就開著大卡車離去。吳伯伯轉身給壯漢們一人三千的工錢，也給阿弘和達哥一人一千。

「喔！不用，我們純粹幫忙。」達哥揮手說。

阿弘也說：「我們不是為了賺錢才抓雞的。」

「拿著，今天有你們兩個幫忙，提前半小時完工。」吳伯伯一邊感謝，一邊大方的說：「看看你們衣服都髒成那樣，就當作是洗衣費吧。」

兩人難以推辭，只好收下。沒想到不只如此，吳伯伯還叫他們騎機車尾隨他和壯漢們的兩台小貨車，到山下霧峰的熱炒店吃宵夜。

店老闆跟吳伯伯熟識，知道生意上門便笑臉相迎。旁人卻對他們側目，還紛紛皺鼻迴避，因為這群人身上飄散著濃濃的雞屎臭味。

吳伯伯知趣的叫大家把桌椅挪到遠處，以免影響老闆的生意。

他點了九道菜，非常澎湃，其中還刻意為阿弘他們點了三杯雞和茄苳蒜頭雞湯，然後說：「三杯雞是用仿土雞做的，茄苳蒜頭雞湯是土雞熬的，這都是我養的雞。你們吃吃看，有什麼不一樣。」

阿弘仔細留意，仿土雞吃起來是輕巧的脆嫩，土雞是帶有韌性而彈牙，而且皮厚些，膠質豐富使雞湯濃稠鮮美。

達哥問說：「吳伯伯，你的意思是說，你也會直接供貨給店家嗎？」

「會呀！台中地區的小吃攤，只要是小量跟我訂貨的，我會每天供貨，而且是去毛宰殺切分完畢。我賣出的價錢比剛剛的販仔便宜一點，又保證新鮮，所以客人也不少。」

阿弘接著問：「你一個人怎麼有辦法做這麼多事？」

「哈！當然不是一個人。」吳伯伯指著身旁的壯漢們說：「這些是我的員工，宰殺雞隻的還有另外一批人。」

阿弘不禁讚嘆說：「吳伯伯，你做人真大方，不但給工錢，還招待消夜。」

吳伯伯感嘆說：「唉呀！這麼辛苦又骯髒的工作，你不多多款待員工，怎麼找得到幫手呢？」

阿弘想到辦桌時辛苦忙碌的水腳們，這才頓悟，爸爸對他們說話也都是好聲好氣的，原來是有道理的。

吃完消夜後，兩人回到租屋處，達哥讓阿弘先去洗澡。

阿弘洗好出來時，看見達哥背對著他，坐在地上發愣。

「怎麼了？」他好奇的問。

達哥回頭，高高舉起一個東西，笑說：「我想到一個好點子了。」

阿弘一看，竟是那罐德國酸菜。

「既然有人用韓式泡菜來配雞排，我們不妨用德國酸菜來發想。」達哥嚴肅的說。

「你是說要把雞排做成類似德國豬腳的口感？」阿弘疑惑的問。

「不，德國豬腳皮脆耐嚼，彈牙又富含膠質，不是雞排能達到的境界。不過，既然我有德國酸菜，不妨根據這個來研發新產品。」

「你怎麼會想到要製作德國酸菜呢？」

「那是我在一本泡菜製作的書上看到的，裡面有各種醃漬物的作法，包括韓式泡菜、德國酸菜，也有台式泡菜，那一罐台式泡菜已經被我吃光了。」

「我在西餐廳吃過德國豬腳。」阿弘感慨的說：「要把雞皮做成這種口感是不可能的，因為雞皮太薄了。」

達哥問：「如果有兩層雞皮呢？」

「什麼意思？」

「如果在雞排外面再加一層雞皮呢？」達哥說。「或許能做出以香脆的雞皮取勝的雞排。」

「要不要買土雞、仿土雞和白肉雞的肉，用三種肉質來做實驗？」阿弘覺得這樣可能比較周全。

達哥想了一會兒說：「不必了，吳伯伯已經說得很清楚，仿土雞的成本比白肉雞高很多，土雞又比仿土雞更貴，就算牠們好吃，也得定出高售價，但是這在夜市是不會有人來買的。你想想看，如果你去逛夜市，看到一個雞排賣兩百元，可以夠你買四個普通雞排，你會去買嗎？夜市的產品，就是CP值要高。」

「那是什麼？」阿弘不懂。

「CP值就是『性價比』，又稱為『成本效益比』，也就是說一個產品根據它的價格所能提供的性能，這樣的能力。它有一個計算公式，就是性能除以價錢，對食物來說，就是產品好吃、真材實料的質感，比上價錢，比值越高代表CP值越高，也就是『物超所值』的意思。」達哥不愧是經濟系的，說得頭頭是道。

阿弘不免疑惑：「可是人家法國料理店價錢很高，照理說CP值低，為什麼生意那麼好呢？」

「那是因為消費者認為法國料理的性能，比它的高價錢更高，所造成的結果。所謂的性能不一定是食材的高品質、高等級，還包括裝潢、氣氛、服務、顧客心裡的感受，和對法國菜先入為主『高級』的既定印象。」達哥詳細的解說。「夜市相反，走的是平價路線。」

阿弘提醒他：「以後你開異國料理餐廳，一定要走高級路線。高雄天帝大廈的紅荷園餐廳入會費八十萬，台北七零七大樓的東方美人餐廳入會費一百萬，都非常高級，老闆很好賺。」

達哥猛搖頭，笑說：「事情沒有你想的那麼簡單，那些指標性的高級大樓，光是租金就非常昂貴，我不敢妄想。我將來能籌到的創業基金，恐怕只能開一家小店。」

「不管大小都沒關係，到時候我會來幫你。」阿弘很有義氣的說。

「我們昨天花費三千多元吃了法國餐，雖然比起一般餐廳貴許多，但是會有人認為很便宜，因為如果搭飛機到法國去吃這麼一餐，那麼機票加住宿，肯定要花上十幾萬才夠。」達哥進一步解說。

阿弘茅塞頓開，欣喜的說：「啊！我懂了，為什麼消費者願意為異國料理買單？因為可以省下昂貴的旅費，只花點錢就吃到外國美食，因而產生賺到的感覺。」

達哥點頭說：「沒錯，冠上異國料理的封號，無形中就提高了CP值啊！」

阿弘又說：「花少錢大享受，『享受』這兩字，背後隱藏的含意真不簡單。」

達哥回想說：「方伯伯的產品，口味和口感都是不錯的，只不過在夜市裡，大多是偶爾來一次的觀光客，常常來光顧的忠實主顧客是少數。觀光客貪新奇，求創意和追名氣店。所以我們產品也要符合這些原則才行。」

他們又去菜市場買了兩隻白肉雞，請老闆切分成雞排、雞腿、雞翅等。回到租屋之後，便加蔥末、薑末、蒜末、五香粉、糖、味精、醬油膏，將雞肉醃漬起來，放進冰箱。

這時達哥的手機響了。他看著上頭的來電顯示號碼，嘴角揚起粲然的U型幅度。

「我在幹嘛？我失業了，我好可憐……因為老闆要收攤了，競爭太激烈啊！沒有辦法，沒人要我啊，你心疼一下我吧……對，我另外再找……」達哥像個孩子似的訴苦乞憐，然後又怕對方太過擔心，趕快講正面的消息：「不過我現在和朋友一起研發新口味的雞排，想勸老闆打消收攤的念頭……你什麼時候回來……有沒有想我……我當然很想你……」

阿弘越聽越覺得好玩，原來是情侶在對話。

達哥講完手機之後，阿弘俏皮的說：「你的女朋友，對不對？」

「對呀！怡君。她放暑假就回台北去了。」

「她也是逢甲的學生嗎？」

「是的，她是中文系的學生，我們是在社團認識的。」達哥甜甜的說。

阿弘聽著看著，羨慕不已。

夜裡他們去逛書店，又在夜市裡亂逛，然後去二輪電影院看了一場好笑的電影。

隔天起床後，達哥從冰箱中拿出醃漬好的雞排和雞腿，把雞腿上的雞皮拔掉。接著，電磁爐上用鍋子裝酥炸油，煮到插進竹筷子會冒泡的程度，達哥說：「這樣差不多是一百八十度了，是適合油炸雞排的溫度。」

四塊雞排中他選了兩塊，用幾片雞腿皮包裹起來，並插入牙籤固定。另兩塊不包雞腿皮，當成對照組。

那兩個雙層皮的雞排，一個先裹酥炸粉後去烤，一個先烤後再裹粉去炸。

反覆試驗，都沒有辦法做出類似德國豬腳皮的口感。

有一小片的雞皮沒有固定妥當，脫離了雞排而留在鍋中繼續油炸，炸得有點焦黑。阿弘看見了，撈起來放旁邊，達哥不經意拿來吃，瞬間靈感點亮腦袋瓜。

「哇！我想到了，其實不必用雞皮包裹雞排，不是，我是說……我們何必一定要主推雞排，去跟別家雞排攤競爭呢？」

「什麼意思？」阿弘聽得莫名其妙。

9 搶救倒店大作戰

達哥進一步說：「方老闆已經有現成的鹽酥雞了，我們可以把鹽酥雞和炸好的雞皮混在一起吃，就能吃到酥與脆雙重的口感。」

阿弘聽懂了，他從雞排上切下一小塊肉，再把一小片雞皮丟入油鍋中炸香，然後將兩者一起入口，再配上一口德國酸菜和蜂蜜芥末醬。咀嚼之後，他高興的說：「感覺又酥又脆，又香又爽口，完全不油膩，非常討喜。。」

達哥也試了一回，然後揚起眉毛說：「真的好吃。這樣就不必陷入『雞排』競爭的漩渦，可以自己另闢一個領域，成為『鹽酥雞』的翹楚。」

「太好了，我們就拿德國酸菜去找方老闆，去說服他採用我們的研發產品。」阿弘高興的說。

等到下午方叔叔開店時，他們帶著產品去找他，方嬸嬸和金雀都在店裡。他們一看到阿弘和達哥來了，感到很驚訝。

「不是跟你說了，不用來打工了嗎？」方叔叔對達哥說。

金雀俏皮的說：「是不是回來看我的？」

達哥笑說：「我們有個新構想，或許能讓生意轉虧為盈。」

「喔！趕快告訴我們。」金雀興奮的問。

達哥熱情的講解新產品的吃法，並且示範一次，又給大家都吃一遍。

方嬸嬸不住的點頭說：「鹽酥雞有酥香的口感，雞皮是焦香的脆感，口感好豐富……」

方叔叔也說：「加上蜂蜜芥末醬提供另一層風味，德國酸菜可以解油膩感，確實是不錯。」

「很好吃，真的讓我想起德國豬腳，我以前在IKEA宜家家居的餐廳吃過一次呢！」金雀也歪著頭，回味的說。

「可是……」大家都說好吃，方叔叔卻猶豫不決。「你們算過成本嗎？」

達哥說：「我算過，這樣的組合，鹽酥雞的成本要加五元。」

「成本加五塊錢，競爭力就差一些了。」方叔叔說。

阿弘說：「我們可以把鹽酥雞分為原味和德式口味兩種，讓客人自己選擇。但是招牌主打德式鹽酥雞。」

「不！」達哥卻說：「最理想的狀態是，只賣這一種德式鹽酥雞，讓客人願意多花錢，只為了吃到特別口味的鹽酥雞，而且沒有懸念。而且它並沒有比較貴喔，因為客人一看到『德國酸菜』，再加上我們的講解，就會知道它有這樣的價值。」

「雞排呢？」方嬸嬸疑惑的問。「為什麼不是用德式雞排跟別人競爭呢？」

阿弘回答：「我們試過了，雞排沒有辦法達到這樣的口感效果。」

「而且在這夜市裡面，雞排已經被開發出太多樣的口味了，我們應該轉移目標，開發藍海市場。」

「什麼是藍海市場？」大家都發問，包括阿弘。

達哥說：「那是經濟學上的一個專有名詞，相對於紅海市場而言。所謂的紅海市場，就是大家壓低成本，低價競爭來搶市場的商業手法，但到最後大家都沒賺錢。而藍海市場，是要開創一個大家尚未開發的新市場，就像黃金烏賊飯那樣。」

金雀說：「可是鹽酥雞也有很多家在賣呀！」

達哥說：「但是它並沒有得到關注，成為競爭的商品，我們先做可以搶得先機。」

阿弘對方叔叔說：「請給自己一個機會。」

金雀說：「爸爸，反正還有好幾天才要關店，先用這個方式試試看，也沒有什麼不好啊？」

方叔叔仍然低頭沉思。

方嬸嬸說：「唉！算了，他已經打算要去開計程車了，你們走吧！」

眼看無法打動方叔叔的心，阿弘和達哥都好沮喪，只好欠身告辭。

然而就在他們要離開的時候，方叔叔忽然說：「等一下。」

阿弘和達哥停下腳步，納悶的回頭。

只見方叔叔說：「我有最後一個問題。蜂蜜芥末醬可以輕易在食品原料行買到，可是德國酸菜從哪裡來？並沒有原料供應商啊！」

「自己製作。」達哥把帶來的那罐酸菜又舉高起來，說：「這一罐就是我自己做的，不難，而且材料是便宜的高麗菜。」

「喔！這麼說來，倒是可以放手一試，反正最差也是跟現在一樣沒生意，不會有什麼大損失了。」

方叔叔終於答應，阿弘和金雀歡呼，達哥高興的握拳振臂，大喊一聲：「耶！」

接下來，方叔叔向材料行訂購了一大桶的蜂蜜芥末醬，達哥則和阿弘到市場買了許多高麗菜，將它們切絲加鹽入玻璃甕，來製作德國酸菜。

雞排店內充滿了「咄咄咄」的切菜聲。金雀一邊幫忙，一邊說：「可是我覺得差一點點。」

阿弘問：「什麼差一點點？」

金雀說：「如果是把鹽酥雞和炸雞皮包在袋子裡，讓客人自己叉來吃，會不會有人搞不清楚，先吃光鹽酥雞，再去吃雞皮，或者順序相反？這樣就達不到我們想要給他的效果了。」

「這個問題我已經想過了。」達哥拿竹籤叉起一塊鹽酥雞，再叉起一塊雞皮，如此反覆三次，將竹籤變成一支「皮肉串」，然後解說：「我們這樣賣。兩串，淋上蜂蜜芥末醬，再加一份德國酸菜，就賣六十元。比一般五十元一包的鹽酥雞多十元。」

「不是五十五元嗎？」方叔叔納悶的問。

達哥說：「不，要故意高一點，給人高品質的印象，才能跟一般的鹽酥雞做出區隔。這是從法國料理得來的靈感。」

「好特別的賣法。」金雀驚喜的說。

阿弘也開心的說：「沒看過人家這樣賣鹽酥雞。」

達哥說：「我是從炭烤臭豆腐得來的靈感，以前臭豆腐就是切塊油炸，裝盤販售。但後來有人發揮創意，把它們串起來變成烤物來賣，就跟裝盤的區隔出市場了。」

另外，達哥也說服了方叔叔，改向吳伯伯訂白肉雞的肉，不但比原供貨商便宜，而且還能確保新鮮。

三天後，第一批二十大罐的德國酸菜已經可以食用了，他們開始推出新產品「德式鹽酥雞」。達哥又用電腦製作傳單，到影印店印了一百多張，然後帶著阿弘和金雀到夜市裡發傳單，並且大方給客人試吃。

達哥負責油炸，阿弘和金雀戴著塑膠手套，負責將鹽酥雞和炸雞皮串起來，方叔叔和方嬸嬸負責打包販賣。五個人分工合作，又合作無間。

第一天，來客並不多，但有不少人覺得好吃，第二天又來買。第三天開始，有熟客帶新客人來買，而且一買不只一份。許多人聽到有新口味的鹽酥雞，便把原先要買雞排的錢拿來買新產品，吃過之後都讚賞滋味獨特，口感多層，又告知別人。就這樣口耳相傳，不到一個禮拜，「德式鹽酥雞」一炮而紅。

暑假期間，雖然附近的大學生大多回老家去了，但是全國的學校都放假，到了晚上，夜市湧進更多年輕人，大家以「嘗鮮」為樂，竟

德式
～鹽酥雞～
創新口味！
一份60元

阿弘覺得這麼好的朋友非常難得，自己一定要好好的向他看齊。

回到家之後，阿弘把在台中的見聞，還有他與達哥努力為搶救「大利多雞排店」努力奮戰的經過，一五一十的跟爸媽分享。爸爸和媽媽聽著覺得非常有趣，媽媽還說：「你也炸一些『德式鹽酥雞』給我們吃吃吧！聽得我口水流了滿嘴。」

「好啊！沒問題。」阿弘開心的說。

爸爸去翻牆上的日曆，若有所思，不久說：「今年度的高雄市『甲

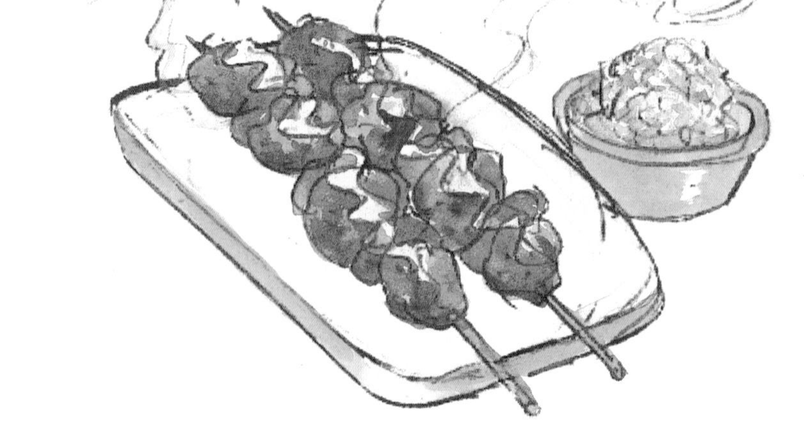

仙芋頭節』創意料理大賽訂在八月十三日，報名截止時間快到了，我覺得你可以去參加，增加參賽經驗，歷練歷練。你覺得怎麼樣？」

「那是什麼樣的比賽？」阿弘好奇的問。

10 達哥突然失聯

爸爸詳細的說：「那是甲仙區為了推銷他們當地生產的芋頭，特地每年舉辦創意料理競賽，希望開發多樣化的菜色，幫助農民銷售農產品。其實，主辦單位曾經邀請我去擔任過幾次的評審，今年我也接到邀請的通知信。如果你今年要參加比賽，我就避嫌，婉拒擔任評審的邀請。」

一聽到幫助農民促銷農產品，阿弘想到上回參加「台灣炒飯王比賽」，就是為了幫忙促銷台灣的良質米，他還因此認識了阿彬伯公。因此他很樂意的說：「當然好，我很想參加。」

「好，就這麼說定了。」爸爸點頭稱道。「那我就去推辭，你也可以開始設計菜單了。」

阿弘休息了半天，便跟爸爸要主辦單位的電話，然後問到他們柴山這邊的區公所就有報名表。他騎腳踏車去拿報名表，填寫好後就寄出去了。

報名表上規定必須做出三道不同的菜色。回家後，他開始著手設計芋頭菜單。

他想到「庭院深深」，跑去問爸爸：「我想把『庭院深深』中芋頭雕成的假山單獨放上盤子，你覺得好嗎？」

「你自己想吧！」爸爸放手不管。「雖然我不當這一次的評審了，但我希望你自己去想，自己設計。如果你靠著一位老評審的建議拿到冠軍，那也沒什麼意思。」

阿弘覺得有道理，因此不再問爸爸的意見。

他把之前所拍的「庭院深深」的照片拿出來，一邊端詳一邊思量：芋頭必須要能吃、好吃、又給人驚喜才行。那麼它必須當成主角，不能當作擺飾，當作配角。如果把它們雕刻好之後蒸熟呢？這樣也不好，一方面作品可能會變形，一方面吃起來必須大口去咬，不方便。

他很快就放棄這個念頭，繼續思考辦桌菜料理的特色，看看能不能拿來運用。對了！爸爸曾經強調過台菜的幾樣特色配菜：炸蔥、炸蒜頭、油蔥酥、豬油、香菇、豬肉絲。集合這幾樣傳統配料，就很能表現出古早味了。

他又到區公所的圖書館，找到歷屆比賽得獎的作品，赫然發現這些作法，例如：芋頭油飯、芋頭粿、芋頭米粉、芋頭肉粽等等，都已經有人做過並得獎了。

還有人做了芋頭東坡肉、芋香蚵爹、芋頭水餃、芋頭鍋貼等創意料理。

「不能重複別人的作品啊，否則就沒有創意可言了。」阿弘苦苦想著，不禁扼腕的說：「唉呀！如果能早幾年參加就好了，都已經辦過好幾屆了，創意都被別人用過了。」

他翻來翻去，思來想去，總算想到將芋頭切細丁，拌入芹菜、紅蘿蔔、筍丁去炒熟，然後再拌入燙熟的蝦仁和炸酥的老油條屑，以生菜葉包著吃，名為芋香蝦鬆。

「這個點子不錯，而且還沒有人做過。」他趕緊拿出帶來的紙筆，把整個設計的材料與流程都記下來。

對了，如果拿芋頭來配辦桌菜呢？

芋頭雞湯。好吃嗎？

芋頭佛跳牆。除了芋頭之外，還需要很多高級食材，用這道菜來推廣芋頭，會不會不夠平民化而難以普及？

芋頭海鮮鍋。湯會不會混濁了？如果會混濁，那麼搭配味噌呢？味噌湯本來就是混濁的。兩種味道能搭配嗎？

這些也都是舊有的味道，稱得上有創意嗎？雖然得獎的菜色上，不見這些菜的蹤影，可是，搞不好它們都曾是失敗的作品，才因此不被列入啊！

他苦思良久，不得要領。

「有了！」阿弘忽然想到達哥。「異國料理，看來是還沒有人搭配異國料理呀！太好了。」

他急忙打手機，徵詢達哥的意見。

「芋頭？這……」達哥一時傻愣了。「異國料理倒是很少看到芋頭這一項食材呀！」

「那該怎麼辦？」阿弘有點擔心。

「沒關係，倒過來想，這樣更好，只要能跟異國料理搭配，都會是全新的吃法。」達哥在手機那頭思索了一會兒，又說：「你不妨試試『瑞士起司鍋』的作法。」

「瑞士起司鍋？」阿弘疑惑的問：「是一種火鍋嗎？」

「哈！那可以說是一種火鍋，也可以說不是火鍋。雖然這道菜也需要用到火，但是鍋子裡裝的不是高湯和肉魚蔬果，而是用白葡萄酒加起司，去做成融漿火鍋。」

「什麼是融漿火鍋？」

「你把一鍋湯想像成融化的巧克力，再把那巧克力替換成起司。」

「啊！我懂了，滿鍋子的融化起司。」

「是的，那是瑞士人用叉子叉起撕成小塊的麵包，去蘸起司來吃的一種方式。」達哥停頓一下，顯然是因為嘴饞而吞下一口唾沫。「你可以試著把芋頭切成芋角去炸熟，芋角脫水後可以輕易的蘸上起司。如果嫌芋頭太單調，可以把筍塊同樣處理，一起蘸起司來吃。」

「聽起來真不錯。」

達哥又說：「現在距離比賽日還有好幾天，可以慢慢設計，慢慢想。」

「好。」阿弘想到方叔叔他們，問說：「『大利多雞排店』現在生意怎麼樣？」

「生意越來越好了，每天都有人來排隊要買『德式鹽酥雞』，我們每天都很忙很累，方老闆又多請了一個工讀生呢！」

「那太好了。那麼，你的『異國料理大賽』的第二場晉級賽呢？你準備得怎麼樣？」

「第二場比的是歐美料理，我已經做好準備，有信心。」達哥忽然想到另一件事，興奮的說：「對了，八月十三，也是我『異國料理比賽』的決賽日，我們一起加油。」

「一起加油！達哥加油，阿弘加油！」

「哈哈哈！」

講完手機之後，阿弘整個人重新振奮起來，一想到有個遙遠的朋友，跟自己一樣擁有料理的理想，就覺得很窩心，很開心。

接下來的日子，阿弘一邊跟爸爸學辦桌菜，一邊也把想到的、蒐集來的，有關芋頭創意料理的構想都付諸實現。

他到市場買芋頭，挑了幾顆沉甸甸的去結帳。老闆娘拿起來掂掂斤兩，卻搖頭一笑，好意的教他說：「一般的菜蔬緊實厚重才好吃，但芋頭恰恰相反。芋頭得要鬆、軟、綿才好吃，那就得挑輕的，同樣大小的芋頭越輕越好吃。」

「喔！」阿弘以前不曾認真研究過芋頭，這時好驚喜。「居然是這樣，謝謝你。」

因此左挑右選，買了好大一袋，卻只有五斤重。

回家一試煮，果然不錯。芋頭的品質極好，不僅入口即化，而且混了唾液之後，舌尖一轉，鬆軟轉為綿稠，濃濃的芋香纏著口腔，霸著鼻腔，久久不散。

一一試做過各種芋頭料理之後，他發現芋頭雞湯不夠好喝；芋頭佛跳牆所費不貲，而且並不夠新穎，因為傳統的佛跳牆就已經有芋頭在裡面了；芋頭海鮮鍋也不妥當，因為芋頭獨特的香味與海鮮不是很搭，也難以互相襯托。

倒是達哥提供的「芋頭起司鍋」滋味別緻。炸芋角沾起司有獨特的芋奶風味，但是炸筍塊沾起司就失色多了，口感像筍乾卻沒有酸香味，嘴裡只感受到粗粗的纖維。可是單用芋角，似乎又顯得單調，該如何是好？

他把這問題記在筆記本上，也擱在心上，早也想，晚也想。紅蘿蔔、小黃瓜、大黃瓜、紅薯、地瓜……只要一想到某個食材，就拿來試驗一番。

與此同時，他並沒有忘記要實現對爸媽的承諾。

為了讓爸媽嚐到「德式鹽酥雞」的滋味，阿弘先行製作德國酸菜。

到了八月七日，父親節的前一天，他特地買了雞肉、雞皮和蜂蜜芥末醬。把雞肉切塊和雞皮一起調味醃漬，放進冰箱的冷藏室。

隔天中午，他將它們裹粉油炸，並且用竹籤串起擺盤，淋上蜂蜜芥末醬，再加上一把德國酸菜一旁當配菜，就當成父親節的禮物。

爸媽吃得津津有味，笑開懷，不停讚賞好創意。

阿弘很有成就感，於是打手機要告訴達哥，分享他的喜悅，畢竟這是兩人共同研發的成品啊！

「嘟……嘟……嘟……」

可是怪了，為什麼達哥那邊手機不通呢？

是達哥太忙碌了，以至於沒時間接他的電話。應該是了，第二場「異國料理大賽」即將在八月十日舉辦，那就是後天，達哥一定是為了準備菜色，無暇接電話，而把手機關了。

這麼一想，他為達哥的忙碌而歡欣，也督促自己，趕緊為即將來到的「甲仙芋頭節」創意料理大賽加把勁。

中餐之後，他邊收拾著廚房，卻聽到手機鈴聲響起。

「哈！達哥回電了。」他趕緊擦擦手，接起手機。「達哥，你跑去哪裡了？怎麼找不到你……」

「唉——原來你也不知道達哥在哪裡。」

阿弘仔細分辨那聲音，居然是金雀。

「金雀，你怎麼打電話給我？發生什麼事了？」

金雀焦急的說：「三天前，達哥因為感冒發燒，向我爸請假一天，誰知道到現在已經三天了，還是不見他的蹤影，手機也不通。我想說你們兩個是好朋友，平常會聯絡，所以跟我阿公要了你的手機號碼，看你知不知道他的情形，想不到，你也不曉得。」

「對，我不知道，我是今天才找他的，也是找不到人，我們已經有好多天沒聯絡了。」阿弘憂慮的說。「我以為他是為了比賽的事在忙著。」

「再怎麼忙，都能接手機的呀！」金雀的口氣顯得焦躁慌亂。

「你知道他的住處嗎？」阿弘建議。「過去看看他怎麼了。」

「我們全家都不知道啊！」金雀無奈的說。「只有你知道了。」

「那該怎麼辦才好？」

「我也不知道。好了，不說了，再見。」

「再見。」

阿弘無比的焦慮，達哥怎麼會突然失去音訊呢？難道他發生什麼意外了？會是騎車時遭遇車禍嗎？還是已經……？

他越想越害怕，於是跟爸媽說：「我要去台中一趟，現在。」

「什麼？」爸媽毫無心理準備，驚訝莫名。

11 與病人並肩的一場混仗

暈。」達哥吞嚥口水，稍稍振作精神，指著書桌上。「那裡有一盒口罩，你拿一個戴起來，免得被我傳染了。」

阿弘聽話的戴起一個新口罩。

「也拿一個給我。」

「好。」阿弘幫達哥戴好口罩，困惑的說：「我打了手機給你，都沒人接。為什麼會這樣？」

「呵呵！我前幾天因為嚴重頭暈，不小心把手機摔到地上，壞掉了，也沒力氣送修。」達哥不好意思的說。

阿弘關心的問：「你有沒有去看醫生？」

「有，看過了，也吃了藥，想說多休息幾天就會好。今天已經好多了。」達哥愣一下，轉個話題問：「對了！你不是在高雄準備『甲仙芋頭節』的創意料理大賽，怎麼會突然出現在這兒？難道我是在作夢？咳——」

「你不是在作夢，我是今天中午接到金雀給我的消息，說你生病，人又音訊全無。我非常擔心，趕緊跑來查看看。好險讓我找到你了，不然我還真不知道要去哪裡找你才好。」

「呵！」達哥苦笑一下：「我不會亂跑，我後天就要參加複賽了。」

「你身體這樣子，怎麼能參加比賽呢？」阿弘皺著眉心，擔憂不已。

「可以。我一定要參加，這是我的夢想，我也等這日子等很久了。」

「可是你還在發燒啊！」

「這發燒不是很高溫，大約就是三十八度，燒燒退退的，持續了好幾天。」達哥摸自己額頭，然後不解的說：「奇怪，我從小到大也感冒過不少次，都沒有這一次嚴重，不僅發燒、頭暈、頭痛，還咳個

不停，咳到腹部肌肉都痠痛。」

「你可能累積了疲勞，積勞成疾，免疫力下降了。」阿弘好意的勸說：「既然身體不舒服，我看後天的比賽就棄權吧！」

達哥卻堅定的說：「不行，我一定要參加。我不能讓羅致吉取笑，何況我已經準備了那麼久，你看。」

阿弘往達哥指著的方向看去，發現櫥櫃前的地板上放了一個有蓋的大鍋子。那模樣跟一般的鍋子有點不同，比較高，蓋子的把鈕也比較粗大，似乎還有什麼機關在上頭。

「這鍋子不常見。」阿弘狐疑的說。

「這是快鍋，一種壓力鍋，利用高壓幫助食物快熟，用來燉煮肉類只要不到十分鐘。比起一般瓦斯爐的燉鍋，可以省下至少一個小時的時間。」

「你要煮什麼料理？怎麼需要用到它呢？」

「德國豬腳。」達哥微微一笑，不料又咳。「咳——咳——」

「啊！要做出真正的德國豬腳啊？」阿弘頗為驚訝。

「嗯……」達哥勉強止住咳嗽，又說：「沒錯，這一場的比賽主題是歐美料理。需要準備一道肉食的主餐，一道澱粉類的副主餐，還有一道湯品。而且這三道菜還必須分屬於不同國家的料理，跟上一回亞洲料理的要求，完全不同。」

阿弘想了一下說：「我懂了，評審是想挑出精通歐美各國料理的人進入決賽。」

「沒錯，這一回由十個人競爭，最後只會選出三位晉級決賽。」達哥點個頭，又認真的問阿弘說：「十分之三的機會，阿弘，你說我能放棄嗎？」

阿弘擔心的說：「可是，你連站都站不穩，怎麼做菜呢？」

「我總是抱著希望，相信比賽那一天的早上我就會痊癒的。」

「萬一沒有呢？」

「這……」達哥沒有回話了。

「我來當你的助手，一起比。」阿弘自告奮勇的說。「我記得上一回也有人帶助手去幫忙，可以的，對不對？」

「對，比賽規則上有規定，由於是以店名來報名參賽，因此主廚或者可以帶一位助手。」達哥想了一下。「好吧！如果到時候，我人不舒服，就請你幫忙了。明天我就要去準備食材，事先進行醃漬。」

「你把菜單開給我，明天由我去買，你在家好好的休息。」阿弘貼心的說。

「好吧！」達哥說完顯得疲累，又躺下去睡覺了。

阿弘打手機回家給爸媽，說明情況，並要住幾天。又說八月十日比賽完之後就會回高雄。爸媽只交代他要小心，不再過問。

第二天早上，達哥睡了一夜退燒了，身子清爽一些。兩人一同到市場去買海鮮、豬腳、蔬果與各色配料。又到新光三越的百貨超市，去買了西班牙米、巴西利、番紅花。

「番紅花怎麼這麼貴啊？」阿弘驚訝的叫說。「這麼一點點就要八百元。」

「沒錯，那是很高級的香料。」達哥微笑說。「咳——」

回到租屋處，食材都放進冰箱。阿弘跟著達哥把豬腳醃漬起來，也冰到冰箱裡，達哥還跟阿弘分享這一場烹飪比賽的作戰計畫。

原本看起來精神不錯的達哥，不料到了傍晚又發燒起來，到了隔天比賽日，燒還是沒有退，整個人昏昏沉沉，欲振乏力，依舊咳個不停。

阿弘知道達哥的脾氣，因此陪他把食材、器具、烤箱、壓力鍋等，都搬上計程車，然後一同前往比賽地點，東海大學路思義教堂前的草皮上。

由於歐美料理用到烤箱的機會很多，主辦單位事先已從附近牽接來電線，供給選手們使用電器設備。

其他九位選手都精神奕奕的摩拳擦掌，阿弘卻是戴著口罩，一邊扶著同樣戴口罩的達哥，一邊慌亂不已的布置廚具和食材。

羅致吉跑過來說：「喂！黃騰達，你這是在做什麼？看你走路東倒西歪的，病成這樣，還來比什麼賽呀？」

達哥揮揮手，沒力氣回他。阿弘幫著不高興的回說：「你比你的，我們比我們的，關你什麼事。」

「哈！好笑。我就不信你這迷糊的樣子能晉級到決賽。」羅致吉說完，跑回自己的位置。

比賽開始，計時同樣是一個小時。

達哥先把醃漬好的豬腳放進快鍋，加入香料和洋蔥、甜椒燉煮八分鐘，再入烤箱去烤四十分鐘。

達哥的體力很差，一開始沒多久，便又咳嗽不止。他只好退到一旁，坐在地上，改由口述指導，讓阿弘操刀實做。

「咳——接著做義式番茄蔬菜湯。」達哥勉勵支撐著精神。「熱鍋子，炒香培根，然後丟進洋蔥爆香，炒出甜味。然後……」

阿弘聽著口令，接著放進馬鈴薯丁、高麗菜和番茄，再加入高湯去燉煮。

「好，煮三十分鐘。接著，咳——咳——另一個爐子做西班牙海鮮燉飯。」達哥捶著胸口，急切的說：「先把洋蔥和蒜泥爆香，加入甜椒和番茄去熱炒。」

阿弘揮汗如雨，一一照著去做。

「然後加進西班牙米、番紅花和高湯，拌勻後蓋上鍋蓋燜煮。」達哥停頓了一下，呼吸急促的抱著頭，似乎很不舒服，整個人像被抽乾神魂似的，說話越來越含糊，越來越小聲。「……接著……咳——

咳——打開蓋子，加入烏賊、蛤蜊、蝦子等海鮮，再加高湯繼續……悶煮……」

「要煮多久？」阿弘把食材依序擺入了，卻還慌亂的說。「這跟我們家煮白米飯的方式完全不一樣，到底要煮多久？」

「看米……」就在這時間，達哥竟疲累的睡著了。

阿弘一驚，連忙過去搖達哥。「你怎麼了？怎麼會這樣？」

主持人提醒說：「時間剩下一分鐘，請趕快收尾。」

「噹——」烤箱的轉盤歸零了，阿弘急忙去打開箱門，端出香噴噴深褐色的德國豬腳。

達哥勉強張開眼睛，又閉起來。阿弘又匆匆回到鍋爐前，幫蔬菜湯調味，然後端上桌子。緊接著打開燉飯的鍋蓋，把巴西利和黑胡椒粉撒進去，然後快快舀起一點米粒，放到嘴裡去咬。

「嗶——時間到，請熄火盛盤，接受品評。」

「糟糕！」阿弘的心中有如遭到卡車衝撞，支離破碎。「燉飯的米芯尚未熟透，還有點硬啊！完蛋了！」

12 代打異國料理創意決賽

三位評審進入會場，選手一一報出作品的名稱。

第一位選手說：「我的是西班牙燉蔬菜開胃輕食、墨西哥烤肉串、英國玉米濃湯。」

評審問：「英國的玉米濃湯，跟美國的玉米濃湯有什麼不一樣？」

「啊……應該……應該用的玉米不一樣……」那位選手支支吾吾的，卻遭那評審一頓白眼。

兩三個選手之後，阿弘聽到羅致吉說：「我做的是墨西哥捲餅、英國牛排、德國香腸蔬菜湯。」

「德國香腸跟台灣香腸有什麼不一樣？」評審之一問。

羅致吉不假思索的回答：「德國香腸的原料從動物到蔬菜都有，包括豬肉、牛肉、內臟、舌頭、洋蔥、豆蔻、胡椒等香料，台灣香腸以瘦豬肉和大量肥豬肉為主，用肉桂粉或五香粉、蒜泥、米酒調味。」

「答得很好。」評審挺出一根大拇指。

又過了幾位選手，輪到阿弘。他急忙說：「這裡準備的是西班牙海鮮燉飯、德國豬腳、義式番茄蔬菜湯。」

當評審們舀了燉飯送進口中時，阿弘顧忌著沒把米粒煮透，因而心虛臉紅，真希望地上有個洞可以讓他鑽進去。

「好啊！」沒想到評審吃過之後，竟然大聲讚好。

阿弘怯生生的問：「米芯沒有煮熟透，不是還有點硬硬的嗎？」

「哈！小朋友，你少開玩笑了。你煮出這種軟硬度，就是標準的西班牙燉飯的作法。」一位評審說。

「你故意這樣問，是來逗我們的吧？」另一個評審說。

阿弘意外驚喜，想不到居然陰錯陽差，歪打正著。

另一位評審吃了德國豬腳後，又說：「這豬皮脆而不硬，豬肉香彈飽含膠質，太可口了。」

最後是「泰讚椒麻雞排店」的羅致吉、「蔚藍海義式餐廳」的許柔梅、「大利多雞排店」的黃騰達，這三家的選手晉級到決賽。

評審請他們上前接受觀眾鼓掌，阿弘代替達哥出場。

阿弘好奇的問許柔梅：「請問你做的是哪幾道菜？」

許柔梅開心的說：「瑪格麗特披薩、法國鵝肝牛排、烏克蘭羅宋湯。」

阿弘轉身過去看她的菜色，那披薩有番茄的紅、羅勒的綠、起司的白，鮮豔搶眼，看來就很美味。法國鵝肝牛排分量十足，肉厚多汁，配上香腴滑嫩的鵝肝，顯得非常高檔。那羅宋湯的番茄很紅，配上碎肉，喜氣洋洋的引誘人流口水……

「他是你的朋友嗎？」許柔梅擔憂的指著旁邊地上昏睡的人問阿弘。「他怎麼了？」

「啊！」阿弘這才想起達哥。他急忙衝過去呼叫：「達哥！達哥！你醒醒，你晉級決賽了，達哥……」

達哥卻已經昏迷不醒，臉色蒼白，全身盜汗。

羅致吉見狀，急忙跑去跟主辦單位的人說：「有個選手昏迷了，趕快幫忙叫救護車。」

馬上有大人過來幫達哥揉肩膀，壓人中穴。不一會兒救護車開來了，將他送到東海大學對面的榮民總醫院。

羅致吉也擔心，跟著阿弘一起上車。他還責怪阿弘說：「黃騰達一看就是病得不輕。我要他棄賽他不聽，你看現在這樣。你這個助手，事先就該勸勸他呀！」

阿弘懊悔的說：「我勸過了，可是他很堅持，我不知道該……我也不知道這麼嚴重……」

經過抽血檢查，發現白血球的數量非常高，又聽了阿弘的描述，醫生斷定達哥罹患了「肺炎」，必須緊急住院。

阿弘趕緊打手機給金雀告知此事，羅致吉說：「我來向學校的主任報告，請他去通知黃騰達的家人。」

那天下午達哥入住醫院，阿弘把比賽的器物收拾好，搭計程車回去租屋處擺放，又搭車回醫院去照顧達哥。

隔天早上達哥的媽媽黃伯母從中壢趕來，他的女朋友怡君姊姊也從台北趕來醫院看望他。達哥經過醫生給他吊點滴，還是昏睡不醒。

醫生說：「他的病情很嚴重，如果再晚一點送醫院就會引發『敗血症』，那可是會有生命危險的。現在打抗生素來治療幾天，等他醒來再加吃口服的藥劑。」

中午時方叔叔載金雀來看達哥，達哥還在昏睡當中。他們跟黃伯母聊了一陣子後，就先回去了。

中午過後，達哥稍微轉醒，阿弘好高興，趕緊給他打氣：「你要趕快好起來，後天就要決賽了呀！」

達哥拉著阿弘的手，有氣無力的說：「看來……我是沒有辦法去參加決賽了。雖然……已經連過兩關了，就差最後一步……」

「我去幫你比賽。」阿弘義不容辭的說。

「不……那一天你有你的比賽，我不能耽誤你，你趕緊回高雄去吧……」

「讓我去幫你比賽。」阿弘好堅持。「我自己的比賽不重要。」

「不……你不會做那些菜……你……回高雄……咳……」

「我聽達哥說過，你對異國料理不熟。」怡君姊姊也勸阿弘說：「最後那一場是創意賽，廚師除了熟練異國料理的作法之外，還要融會貫通，發揮創意將它們重組改造，這不是一個新手可以做到的。」

「沒關係，你想做哪幾道菜？你告訴我，我來做。」阿弘急切的問達哥。

「其實，那三道菜……你也……呼……知道……呼……呼……」

達哥呼吸變得好急促，身體激動的往上扭動。

「別說話了。」黃伯母急忙勸阻達哥說：「健康比較重要，那什麼比賽的，一點都不重要的，好嗎？」

怡君姊姊也說：「對，你不要想那些了，安心的養病要緊。」

「呼……呼……」達哥又陷入昏迷，而且呼吸更加緊促，雙眼還往上吊，翻出白眼。

「醫生……」黃伯母看情況不妙，趕緊跑去護理站找醫生。

醫生跑進來檢查，發現達哥病情加重，急忙將他送入加護病房。

一陣慌亂後，大家的臉上又罩了一層陰影。

阿弘擔心不已，在病房外焦躁的來回踱步。

黃伯母對他說：「阿弘，對一個朋友來說，你為我們家阿達做的已經夠多了。你回家去吧！這加護病房每天只開放兩個時段給人進去探望，現在兩個時段已經都過去了。」

怡君姊姊也說：「阿弘你回高雄去吧！今天晚上我帶伯母到我租屋的地方去睡，明天我們再過來看他。」

阿弘憂心著達哥的病況，根本沒辦法丟下他，一個人回去高雄。思來想去，他拿著達哥租屋處的鑰匙，暫且回那兒去休息。他決定明天暫且不去看達哥了，因為達哥有醫護人員照料著。他明天要認真的準備「異國料理創意大賽」，只是那三道菜，是什麼呢？

「那三道菜，你也知道……那三道菜，你也知道……」達哥這句話不停在阿弘的腦海中迴繞。

「是哪三道菜？究竟是哪三道菜？」阿弘不停自問，感到肩上壓力好沉重。

「對了，我得先跟爸爸報告一下。」他又拿手機，撥給爸爸。

「爸爸，我要棄權『甲仙芋頭節』的創意料理大賽，因為……」

他詳細的把事情的經過和轉折跟爸爸說。

爸爸聽了之後，遲疑著說：「為了這芋頭料理的比賽，你花了不少時間和精力，而且我覺得你的創意不錯，應該可以得到好成績。就這麼棄權，你不覺得可惜嗎？」

「不會。」阿弘堅定的說。「我覺得幫助朋友比較重要。」

「好！」想不到爸爸不但沒有怪罪他，還說：「很好，你做得很好，我這就打電話去給主辦單位，幫你辦理退賽。你專心的去幫達哥吧！加油！」

阿弘好感謝爸爸的支持，忍不住對他抒發心情：「我好怕會輸掉。」

「沒什麼好怕的！那是一個心意，阿弘，你們兩個是戰友。即使是輸了也沒有關係，盡力去比賽，那是相挺朋友的精神。不論輸贏，我相信達哥一定都很高興。」

這句話猶如一劑強心針，阿弘受到鼓舞，精神一振。可是他又擔心，萬一想不起達哥口中的那三道菜，他應該自創三道新菜來應賽。

「爸，創意的異國料理，你沒有什麼建議？」他不安的問。

爸爸用抱歉的口氣說：「唉！你問錯人了。我們是辦桌總鋪師，辦的是台菜、中華料理，我和你媽都不會煮異國料理。不然，你問你太師父看看。」

他因此打手機給太師傅，想臨時抱佛腳，請太師父傳授幾招。

太師父接了電話，理解了整個事情之後，感嘆一聲說：「唉！我雖然有不少徒子徒孫精通異國料理，但只剩一天的時間，太緊迫，來不及了。你不妨到書店找一些外國食譜來參考，想清楚各國料理的特色與精神，這樣或許能變通出一些新奇的菜色來。」

「食譜？」他關掉手機之後，隨手便把達哥書架上的食譜拿來翻閱。「或許會有達哥的筆記也說不定？」

他翻閱著印度料理的食譜，忽然發現有一張紙條夾在書中。一看，卻又是達哥寫的詩：

塔頂

這位菩薩請上樓
他是這樣這樣指引我
於是心塔頂上便立起一個坯
每當黑夜來臨時
上塔添黏一指土
摸不透什麼模樣
但心眼看得很清楚
那尊以己之名的

未來佛

原來達哥是這樣惕勵自己的呀！

忽然福至心靈，他驚喜的說：「呀！我怎麼忘了，我們已經有創意的異國料理了呀！只是，只是，只有兩道啊！還差一道菜……」

他繼續翻閱那些書籍：《義大利麵食百匯》、《我的威尼斯廚房》、《香料之旅》、《西班牙開胃輕食》、《韓國料理》、《日本料理》、《普羅旺斯季節料理》……

他靈光一閃，大叫一聲：「啊！有了，一定是它。」

13

怎麼可能相忘於江湖

隔天早上，阿弘跑去方叔叔家，跟他說：「我想代替達哥參加『異國料理大賽』的決賽。由於他當初是用『大利多雞排店』的名義去報名參賽的，所以我想我應該來跟方叔叔報告一下。」

「沒問題，你去。」方叔叔遺憾的說：「可惜阿達生病了，要不然由他親自參加，他一定是很開心的。對了！有沒有需要我幫忙的地方？」

「有。」阿弘坦承的說。「我想拿一些店裡的鹽酥雞材料：雞皮、竹籤、蜂蜜芥末醬和德國酸菜。不知道可不可以？」

「當然可以，這是你和阿達研發出來的，幫了我們好大的忙。你想要多少，儘管說，我免費供應。」方叔叔大方的說。

「不多，只要夠三位評審品評就好了。」

方叔叔馬上帶阿弘到店裡去，包了一大包東西給他。

阿弘又問他說：「請問這附近有沒有餐具行？我想買小火鍋。另外我也得去食品材料行，買格呂耶爾起司、黑橄欖和其他食材。至於生鮮的魚肉和蔬果，我到超市去買就行了。達哥曾經帶我去過，我知道怎麼走。」

方叔叔說：「有的，都有。逢甲夜市商圈有數以千計的店家，因此餐具行和食品原料行也選擇在這附近開店，生意都很好。我帶你去，很近！我聽金雀說你都搭計程車來回，不用浪費錢了，明天我開車送你去比賽。」

於是就在方叔叔領路下，阿弘很快的把所有的食材和器具都買齊了。他回到租屋處後，把魚的頭尾切除，又把其他東西洗切完備，全都放入冰箱中。

那天晚上，阿弘打手機給黃伯母，得知達哥還在加護病房內持續昏迷中，阿弘的心情感到亂糟糟的。後來他接到方叔叔的電話，說明天金雀也會去幫忙，阿弘聽了非常開心。

第二天，「異國料理大賽」的總決賽，比賽的地點在台中公園的湖心亭內。空間不大的湖心亭恰恰容納得下三位決賽的選手，比賽時間一樣是一個小時。

阿弘他們三人把器材和食材都載到目的地後，便開始整理、布置場地。

計時開始後，阿弘先做芋香瑞士起司火鍋。他把白酒和格呂耶爾起司放進小火鍋中，底下點酒精燈讓它們慢慢融合在一起。接著把芋頭油炸，分別和法國麵包塊串起。這充滿麥香的法國麵包，便是他試過無數樣食材後，得到的最佳答案。

第二道做起來最是熟練，油炸鹽酥雞和雞皮，並串在一起淋上蜂蜜芥末醬，配以德國酸菜。

最後這第三道是重頭戲。

先將龍膽石斑魚在油鍋中煎到兩面金黃，再連同蛤蜊、淡菜、黑橄欖、油漬小番茄、酸豆、大蒜等，一起放入深鍋中，蓋上鍋蓋進烤箱烤二十分鐘。另一個湯鍋中，用金針菇和薑絲去煮味噌湯，同時燉煮七星鱸魚，起鍋前加一把蔥花增蔥甜。

擺盤時，那兩條魚就放在同一個大圓盤的兩側。

阿弘非常專注的做菜，絲毫沒有關注其他兩人的行動，很快的時間到了。

三位評審先讓羅致吉介紹自己的作品。

他很自負的說：「我的創意料理是：泰國綠咖哩雞和義大利披薩結合的綠咖哩披薩。韓國泡菜跟西班牙海鮮燉飯結合的韓西海鮮燉飯。最後是泰式明蝦酸辣湯跟日本味噌結合，成為泰式明蝦味噌酸辣湯。」

評審露出驚豔的表情，其中一個說：「這綠咖哩雞為了避免湯湯水水，特地用椰子絲取代了椰漿，香味不減，真是妙。」

另一個說：「韓西海鮮燉飯好吃，只不過這一般家庭主婦也想得到，不夠新奇。味噌加入泰國酸辣湯也有人做過了，不難吃，但也沒有變得更好吃。」

羅致吉臉一垂，顯得有些失落。

評審們離開羅致吉。

許柔梅看評審們趨近她面前，便介紹說：「我做的三道菜是：泡菜豬肉義大利麵，印度咖哩壽司，還有生魚糯米團。」

「哇！」評審們眼珠子瞪得很大，幾乎要掉出來了。有一位還沒吃就等不及的說：「看起來你的作品最新穎，最奇特。」

許柔梅欣喜的笑著。

「不過還是要吃了才知道。」帶頭的評審說。

三人吃完之後，另一人點頭說：「泡菜豬肉義大利麵讓人驚喜，沒想到泡菜和起司搭得起來，中西合璧得完美無瑕。」

另外一位卻說：「這印度咖哩壽司就太衝突了，印度咖哩味道濃郁，日本壽司主張清爽，這混在一起又不濃郁又不清爽的，變得主題不明。」

最後一位說：「最後這生魚糯米團，仿效生魚片的握壽司，是很有創意。可是魚肉是軟的，糯米團也是軟的，嚼在一起，口感單調，滋味清淡，軟爛綿稠反而有點倒胃口啊！」

許柔梅轉喜為悲，尷尬的手背腰後，不自在的晃動身體。

評審們換到阿弘面前，阿弘吸口氣，挺起胸膛，大聲的說：「我的作品是芋香瑞士起司火鍋、德式鹽酥雞，還有，請聽好了，龍膽黑橄欖酸豆及金針味噌燉七星鱸之『相忘於江湖』。」

評審們一聽紛紛倒退一步，彷彿受到炮擊般的震撼，一時還無法回神。

「請先吃這起司火鍋。」阿弘建議說。

大家拿起叉子上的芋頭角蘸起司吃，又拿法國麵包蘸起司吃，不約而同點頭讚賞。

「真沒想到芋頭的香酥，跟起司那麼搭。」帶頭的評審驚喜的說。「看似簡單，其實不簡單。」

「配上法國麵包滋味更顯雅緻。」另一位欽佩的說。

他們接著吃成串的德式鹽酥雞。有個評審瞇著眼睛，不住點頭說：「這有創意，取這鹽酥雞的酥和雞皮的脆，再用醬汁增添風味，佐以酸菜解油去膩。分別取各方之長，補彼此之短，非常巧妙的設計。」

最後要來評論這一大盤魚，三位評審都遲疑著吟哦起來。

「這……」領頭的評審笑說：「兩條魚擺同一盤，明明就是『相濡以沫』，怎麼會是『相忘於江湖』呢？」

阿弘努力的解釋說：「其實這正是我此刻的心情。我的隊友生病了，今天無法來參賽，而由我獨自來比賽。我和他就像這兩條魚，現在困在這一個盤子上相濡以沫。我要祝福他早日康復，健康快樂，期待以後兩人相隔兩地，自由自在，彼此遙遠祝福。所以『相忘於江湖』是我此刻最真摯的期盼。」

「喔！是有故事的一道菜呢！」評審說完這話，一起動刀叉來品嚐。

「有趣，龍膽石斑是道地法式作法，以酸鹹鮮香見長，而鱸魚的味噌味，香甘裡多了金針菇特有的鮮甜，這邊又以甘甜取勝。」

「兩條魚各有特色，應該分頭去悠游，各自去發揮，活出自己的精彩才對，這菜名確實是很真摯的祝福。這道『相忘於江湖』，結合了法、日、中三種精神，太美太妙了。」

「讚啊！」三位評審連連稱道，歡笑不絕。「哈哈！」

最後主持人宣布成績：「本屆『異國料理大賽』的冠軍得主，是

『大利多雞排店』，主廚是黃騰達。恭喜恭喜！」

方叔叔和金雀在台下歡呼雀躍，阿弘也欣喜萬分，連忙過去領取獎盃和獎金。

活動結束之後，方叔叔急忙開車，載著阿弘和金雀到榮總找達哥，要送獎盃和獎金給他。

不料，醫護人員把他們擋在加護病房之外，說：「現在不是會客時間，不能進去。下午六點到六點半才是會客時間，每次只能進去一個人，而且要穿我們為你準備的防護衣，戴口罩，也不能帶這些獎盃什麼的進去。」

他們只好在外面跟黃伯母和怡君姊姊一起等候。

大家約定好，等會客時間到了，都要對達哥說同樣的話，看能不能喚醒他。

總算等到會客時間到，他們輪流進去，履行約定。

阿弘排在最後一位。當他看到達哥時，心中一陣酸楚，因為曾經一同奮鬥的人，現在竟然雙眼緊閉，無聲的躺在病床上，怎不叫人唏噓。

「達哥，你贏得了冠軍，獎盃和獎金都在外面等著你。」

「達哥，你贏得了冠軍，獎盃和獎金都在外面等著你。」

阿弘輕聲的在達哥的耳朵旁說著，一遍又一遍。

醫護人員過來對他說：「小弟，會客時間要結束囉！」

阿弘把握最後一次機會，又說：「達哥，你贏得了冠軍，獎盃和獎金都在外面等著你。」

「嗯……」達哥似乎聽見了，皺了皺眉心。

「達哥，你醒醒，我們得到冠軍了。」阿弘激動的說。

達哥緩緩張開雙眼，愣愣的望著阿弘，然後虛弱的點頭，說：

「你……」

阿弘急忙蹲下來抓住達哥的手，熱淚盈眶。

隔天，達哥清醒了，病情轉為穩定，到了傍晚便轉到了普通病房。阿弘得知消息之後，急忙跑到病房去找他。

達哥躺在病床上拿到獎盃和獎金時，不敢接受，反而把它們推給阿弘，說：「這是你贏來的冠軍，它們屬於你。」

「不不不！」阿弘謙遜的說：「最後那三道菜都是你的創意料理，我只是照著指示把它們做出來而已。」

「咦？不對呀！」達哥狐疑的說。「我記得我沒有對你說出那三道菜的菜名呀！」

「你雖然沒有說出菜名，可是你說我都知道的。」

「是嗎？」達哥不相信，笑著說：「不然我們來做個測驗，把這三道菜的主要原料，各自寫一項出來。」

「好啊！」阿弘覺得有趣，開心的到護理站借來兩支筆和兩張白紙。

兩人把答案寫好之後，同時亮了出來。

阿弘寫的是：「芋頭，酸菜，兩條魚。」

達哥寫的是：「起司，芥末，相濡以沫。」

兩人相識大笑，彼此用力的握著對方的手，上下甩了又甩。

「奇怪！」怡君姊姊納悶的看著黃伯母，不解的說：「明明寫的完全不一樣，他們為什麼那麼開心呢？」

黃伯母也莫名其妙，搖頭苦笑。

兩天後，達哥順利出院了，並且騎機車載阿弘去朝馬轉運站搭客運。

臨別前，達哥打趣的對阿弘說：「好好的學辦桌菜，把我忘了吧！」

阿弘也開玩笑的說：「你開心的去歐洲玩，別想我呀！」

阿弘依依不捨的上車之後，車子很快上了高速公路。他看著窗外急速往後退去的高樓大廈，往事一一悄然浮上心頭。

熱鬧的美食夜市、寬廣的大學操場、狹小擁擠的學生套房、高級的法國餐廳、可怕的夜間抓雞、望高寮璀璨的夜景、美麗的花園古堡……每一個畫面裡都有一個熟悉的人影，哪裡是說忘就能忘掉的呢？

「唉！相忘於江湖，」他不禁搖頭，感嘆的說：「怎麼可能啊？人又不是魚……」

鄭　宗　弦　作　品　集　0　4

異國料理大賽
少年總鋪師 3

國家圖書館出版品預行編目 (CIP) 資料

異國料理大賽 : 少年總鋪師 . 3 / 鄭宗弦著 ; 吳嘉鴻圖 . -- 初版 . --
臺北市 : 九歌 , 2018.07
面 ;　公分 . -- (鄭宗弦作品集 ; 4)
ISBN 978-986-450-199-1(平裝)
859.6　　107008974

著　　者── 鄭宗弦
繪　　者── 吳嘉鴻
責任編輯── 鍾欣純
創 辦 人── 蔡文甫
發 行 人── 蔡澤玉
出　　版── 九歌出版社有限公司
台北市 105 八德路 3 段 12 巷 57 弄 40 號
電話 / 02-25776564・傳真 / 02-25789205
郵政劃撥 / 0112295-1

九歌文學網　www.chiuko.com.tw

印　　刷── 晨捷印製印刷股份有限公司
法律顧問── 龍躍天律師 ・ 蕭雄淋律師 ・ 董安丹律師
初　　版── 2018 年 7 月
初版 2 印── 2022 年 12 月
定　　價── 260 元
書　　號── 0175004
I S B N── 978-986-450-199-1